Wilhelm   Raabe

Der Junker von Denow, Ein Geheimnis, Ein Besuch, Auf dem Altenteil

Erzählungen

Wilhelm Raabe

Der Junker von Denow, Ein Geheimnis, Ein Besuch, Auf dem Altenteil
Erzählungen

ISBN/EAN: 9783337360764

Hergestellt in Europa, USA, Kanada, Australien, Japan

Cover: Foto ©Andreas Hilbeck / pixelio.de

Weitere Bücher finden Sie auf **www.hansebooks.com**

Wilhelm Raabe

B ü c h e r e i

Erste Reihe:
Kleinere
Erzählungen

Zweiter Band

Berlin-Grunewald

*Verlagsanstalt für Litteratur und
Kunst/Hermann Klemm*

Wilhelm Raabe

Der Junker von Denow

Ein Geheimnis

Ein Besuch

Auf dem Altenteil

Erzählungen

Dritte Auflage
11.-16. Tausend

Berlin-Grunewald
Verlagsanstalt für Litteratur und
Kunst/Hermann Klemm

Gedruckt bei G. Kreysing in Leipzig
Einbandzeichnung entworfen von Bernhard Lorenz
· Den Einband fertigte H. Fikentscher in Leipzig

Der
Junker von Denow
Historische Novelle

I.

er am Abend des sechsten Septembers alten Stils, am Donnerstag vor Mariä Geburt im Jahre unsers Herrn Eintausendfünfhundertneunundneunzig, nach Sonnenuntergang einen Blick aus der Vogelschau über die Rheinebene von Rees bis Emmerich und weit nach Ost und West ins Land hinein hätte werfen können, der würde eines erschrecklichen Schauspiels teilhaftig geworden sein.

Schwarze regendrohende Wolken verhingen das Himmelsgewölbe, und es würde eine dunkle Nacht gewesen sein, wenn nicht der Mensch diesmal dafür gesorgt hätte, daß es auf der weiten Fläche nicht ganz finster wurde. Auf den Wällen von Rees leitete, an der Spitze seiner Hispanier, Burgunder und Wallonen, Don Ramiro de Gusman die Verteidigung der Stadt und Festung gegen das Reichsheer, welches schläfrig und matt genug der Belagerung oblag, dafür aber auf andere Weise desto mehr Lärm machte, wie es einer Armee des heiligen römischen Reichs deutscher Nation zukam. Ein fahles, blitzartiges Leuchten lag hier über der Gegend, denn wenn auch das schwere Geschütz seit Mittag schwieg, so knatterte doch das Musketenfeuer, schwächer oder stärker, rund um die Stadt fort und fort, und manch ein Wachtfeuer flackerte auf beiden Ufern des Flusses, welcher manche Leiche in seinen nachtschwarzen Fluten mit sich hinab führte in das leichenvolle Holland, wo der finstere Admiral von Aragonien, Don Francisco de Mendoza, und der Sohn der schönen Welserin, der bigotte

Kardinal Andreas von Österreich, die Zeiten Albas erneuerten. —

Wir haben es jedoch nur mit der rechten Seite des Rheines zu tun, wo tief in das Land hinein unter den zusammengewürfelten Tausenden des Reichsheeres, Hessen, Brandenburgern, Braunschweigern, Westfalen, der *furor teutonicus*, die sinnlose, trunkene, deutsche Furie ausgebrochen war und in Verwüstungen aller Art sich Luft machte. In allen Dörfern und Lagerplätzen Sturmglocken, Trommeln und rufende Trompeten — Geschrei und Jammer des elenden, geplünderten, mißhandelten Landvolkes — bittende, drohende Befehlshaber — flüchtende Herden, Weiber, Kinder, Kranke, Greise — Reitergeschwader, die sich sammelten, Reitergeschwader, die auseinanderstoben — brennende Häuser und Zeltreihen, und zwischen allem die Cleveschen Milizen, die „Hahnenfedern", zur Wut gebracht durch die Ausschweifungen derer, welche da Hilfe bringen sollten gegen die Ausschweifungen des fremden Feindes! Überall Blut und Feuer und Brand — ein unbeschreibliches, wüstes, grauenhaftes Durcheinander, zu dessen Schilderung Menschenrede nicht hinreicht!...

Lange genug hatte an diesem Abend Don Ramiro, hinter seiner Brustwehr an eine zerschossene Lafette gelehnt, hinübergeschaut nach den Laufgräben und Angriffswerken der tollgewordenen Belagerer; jetzt stieg er langsam herab von seinem Lugaus, und begleitet von zwei Fackelträgern und mehreren seiner Unterbefehlshaber schritt er durch die Gassen von Rees, dessen zitternde Bewohner jedes Fenster hatten erhellen müssen, und dessen Straßen dumpf dröhnten unter den Schritten der gegen die östlichen Ausfallspforten heranmarschierenden Besatzung.

„Francisco Orticio!" sagte der spanische Kommandant, und im nächsten Augenblick stand der Geforderte vor ihm.

„Alles bereit?" fragte Don Ramiro wieder.

Der gerüstete Führer senkte stumm den Degen und wies mit der Linken auf die Haufen der Krieger, welche jetzt alle an den ihnen bestimmten Plätzen dicht gedrängt, regungslos standen. Des Spaniers Auge flog mit düsterer Befriedigung über all diese im Glanz der Fackeln blitzenden Harnische, Sturmhauben, Piken und Schwerter — er nickte. „Sie würden sich da draußen untereinander selbst fressen, gleich den hungrigen Wölfen," sagte er, „aber wir wollen zur Ehre Gottes und der heiligen Jungfrau" — hier lüftete er den Hut, und alle Umstehenden taten das Gleiche — „unsern Teil an dem Verdienst haben, die Ketzer zu vertilgen! Erinnert Euch, Orticio, mit dem Schlage Elf beginnt das Feuer wiederum — mit dem Schlage Elf hinaus auf sie! Spanien und die Jungfrau! die Losung."

„An eure Plätze, ihr Herren!" erschallte das Kommandowort Francisco Orticios — ein dumpfes Gerassel und Geklirr der sich aneinander reibenden Harnische — Don Ramiro de Gusman schritt langsam prüfend die Reihen entlang; dann stieg er schweigend wieder zu dem Walle empor, nach einem letzten Wink und Gruß für Orticio, welcher sein Wehrgehäng fester zog.

„Noch eine halbe Stund'! Spanien und die Jungfrau, Spanien und die Jungfrau!" ging es dumpf durch die Reihen der harrenden Krieger. — — —

Unsere Geschichte beginnt!

„So hole der Teufel die meineidigen Schufte und meuterischen Hunde!" schrie der Hauptmann Burghard Hieronymus Rußwurmb in Verzweiflung, im Lager der dreizehn Fähnlein gewappneter Knechte, Reisiger und Fußsöldner, welche Herr Heinrich Julius, postulierter Bischof zu Halberstadt, Herzog zu Braunschweig und Lüneburg als Obrister des niedersächsischen Kreises zufolge des Koblenzschen Reichsabschieds für diesen Krieg geworben und aus aller deutschen Herren Ländern zusammengebracht hatte. „Ist denn die Welt ganz umgekehrt? Es ist zum Rasendwerden!... So schlage zum letzten Mal die Trommel, Hans Niekirche — o heiliges Wort Gottes, das ist das Jüngste Gericht!"

Hans Niekirche aus Braunschweig, der Trommelschläger, ein blutjunger Wicht, welcher einem Schneider seiner Geburtsstadt aus der Lehre gelaufen war, hatte, hierhin gestoßen, dahin gezerrt, sich fast zwischen die langen Beine seines Hauptmanns gerettet und fing nun mit zitternden Händen von neuem an, das Kalbfell zu bearbeiten; während der Hauptmann hin und her lief, mit beiden Händen das Haupthaar durchwühlend. Er hatte wohl das Recht, zornig zu sein, der Wackere! Dicht hinter sich hatte er ein geplündertes Bauernhaus, dessen Fenster und Türen eingeschlagen waren, und auf dessen Schwelle ein junges Weib mit zerrissenen Kleidern, in der im letzten Krampf zusammengekniffenen Hand ein Büschel roter Haare, leblos ausgestreckt lag. An sein linkes Bein hing sich jetzt auch noch ein arm Kindlein in seiner Todesangst, zu seiner Rechten schlug Niekirch seine Wirbel, und rings um ihn her schrie und stampfte, fluchte und drohete sein meuterisch Fähnlein und rasaunte durcheinander, wie ein aufgestört Rattennest.

„O ihr Schelme, ihr Hunde, das soll euch heimgezahlt werden!" brüllte der Hauptmann. „Warte, Hans Diroff von Kahla, warte, Koburger, Christoph Stern von Saalfeld, an den Galgen und aufs Rad kommt ihr; oder die Gerechtigkeit ist krepiert auf Erden. Warte, du Schmalz von Gera, dein Fett soll all werden, wie eine Kerze im Feuer! O Tag des Zorns, o Hunde! Hunde!"

„Gebt Raum, Hauptmann!" schrie ein riesenhafter Kerl, genannt Valentin Weisser von Roseneck, dem Führer den

Büchsenkolben vor die Brust setzend. „Ihr seid die Verräter, die Schelme, Ihr und Eure saubern Gesellen und Euer Graf von Hohenlohe, der Holländer! Wollt Ihr uns nicht etwa über das Wasser, über den Rhein, von des Reiches Boden führen? He, sprecht!"

„Nicht über den Rhein! nicht über den Rhein! nicht vor Bommel! nicht vor Bommel!" schrie es von allen Seiten, und weit über das Feld durch alle Tausende wälzte sich dasselbe Wort. Der Hauptmann schlug den Kolben von seiner Brust zur Seite.

„Du wirst gehängt, wie ein Spatz, Rosenecker," schrie er.

„Ihr sollt es wenigstens nit erschauen!" brüllte der Schütz wieder, die brennende Lunte über dem Haupte schwingend. Er nahm sich nicht die Mühe, sie aufzuschrauben, das Feuerrohr lag auf der Gabel — im nächsten Augenblick wäre der Hauptmann ein Kind des Todes gewesen, wenn nicht plötzlich zwischen dem Bedrohten und dem Drohenden ein Reiter im vollen Galopp angehalten und dem wütenden Musketierer den Büchsenlauf in die Höhe geschlagen hätte, daß der Schuß in die Luft ging.

„Der Junker! der Junker!" schrie es auf allen Seiten. „Der Junker zurück! sprecht, sprecht, was ist's? was sagt der Graf? Haben sie uns verkauft an die holländischen Juden, ihnen ihre Festung Bommel zu entsetzen?... Der Junker, der Junker! Nicht nach Bommel, nicht vor Bommel! nicht über den Rhein! nicht über den Rhein! In die Spieße der von Hollach!"

„Ja, schreit nur, bis ihr berstet!" zischte blau vor Grimm der Hauptmann durch die zusammengebissenen Zähne und ballte die Hände, daß die Nägel tief ins Fleisch drangen. „Schreit nur — es ist noch nicht im Topf, darin es gekocht wird — Christoph von Denow, sprecht zu den Meutmachern! sagt den räudigen Hunden Eure Botschaft!"

Der junge Reiter richtete sich hoch auf im Sattel, und alle die wilden Gesichter im Fackelschein ringsumher wandten sich ihm zu.

„Der wohlgeborene und edle Graf Philipp von Hohenlohe, unser gnädiger Feldhauptmann —"

„Nichts von dem Grafen von Hollach, dem Verräter, dem Judas!" schrien einige. „Stille! Ruhe! Hört ihn!" riefen die andern und gewannen die Oberhand, daß der Reiter fortfahren konnte.

„Der Graf läßt den Fähnlein des braunschweigischen Regiments zu Roß und zu Fuß vermelden, daß ihr Begehren und Gebaren unehrlich und treulos sei, deutscher Nation zu Schimpf und Schande und großem Schaden gereiche —"

Ein allgemeines Wut- und Spottgebrüll unterbrach den Redner, der erst nach langem Harren weiter rufen konnte.

„Es sagt der Graf von Hohenlohe, daß er befehle, Generalmarsch zu schlagen vor jeglichem Quartier und auszurücken in die Linien gen Rees, auf weitern Befehl! Da kommt unser gnädigster Obrister, der Herr von Rethen."

Neues Geschrei empfing den ebenfalls im vollen Rosseslauf erscheinenden Führer, welcher den schriftlichen Befehl des Grafen mit sich führte; aber ebenfalls vergeblich durch Bitten, Drohungen, Erinnerungen an den Artikelbrief das Volk zur Ruhe zu bringen versuchte. Atemlos, zornesbleich hielt er zuletzt in dem kleinen Kreise der Hauptleute und Offiziere und der wenigen treugebliebenen Söldner. Der Junker aber befand sich, willenlos fortgerissen, inmitten des wildesten Getümmels der aufrührerischen Knechte, die von Mord und Blut sprachen, und bereits ihre Spieße senkten, ihre Feuergewehre richteten auf das Häuflein der Getreuen, welche einen Ring schlossen um die Führer und die geretteten Feldzeichen, und sich rüsteten, ihr Leben so teuer als möglich zu verkaufen.

Auch das Reiterlager hatte sich in Bewegung gesetzt, von Minute zu Minute wuchs der Tumult, und inmitten all dieser drohenden Spieße, Schwerter und Büchsen, unter all diesen scheu gewordenen, ausschlagenden, stampfenden Rossen und trunkenen Männern taucht jetzt für uns eine Gestalt auf, klein und zierlich gebaut, aber trutzig und unverzagt, im Heerlager aufgewachsen, gebräunt von Wind und Wetter, abgehärtet in mancher bösen Sturmnacht am schwächlichen Lagerfeuer, ein klein Hütlein, geziert mit einer Häherfeder, auf den krausen, wirren Locken, ein Dolchmesser im Gürtel, — bekannt bei Führern, Knechten und Reisigen; zu Roß, zu Fuß, zu Wagen stets dem Heere zur Hand: A n n e k e   M e y von Stadtoldendorf, des braunschweigschen Regiments Marketenderin und Schenkin!

„Hab' ich dich auf den Fuß getreten, Anneke?" fragte ganz kleinmütig der wilde Valentin Weisser, der eben das Feuergewehr gegen den Hauptmann hatte losgehen lassen. „Nimm dich in acht, daß sie dich nicht erdrücken, Engel-Anneke — stelle dich hinter mich, du wirst gleich dein blaues Wunder sehen."

„Nehmet Ihr Euch in acht, Rosenecker," lachte das wildherzige Kind, „Ihr spielt ein hoch Spiel diese Nacht!"

Der Riese warf einen trotzigen, lachenden Blick über die hin und her wogenden Massen. —

„Hoho, sind wir nicht unsrer genug, zu gewinnen? Nicht vor Bommel! Ju — ho! ho! nicht vor Bommel! nicht übern Rhein! Fort mit den Hauptleuten, fort mit dem Grafen von Hollach!"

In diesem Augenblick riefen wieder Hunderte von Stimmen nach dem Junker — dem Christoph von Denow. Da zuckte ein seltsamer Glanz über das Gesicht des Mädchens. Es stellte sich zuerst auf die Zehen, dann kletterte es mit katzengleicher Behendigkeit und Schnelligkeit auf einen Schutthaufen, wo sich bereits mehrere Soldatenweiber mit ihren Kindern und Habseligkeiten zusammengedrängt hatten und alle zugleich in den Lärm hineinkreischten.

„Mein Mann! mein Mann! Jesus, sie würgen sich alle! Gottes Sohn — Franz! Franz!"

„Was macht der Junker? wo ist der Junker?" rief Anneke Mey, eine Hand, welche ihr entgegengestreckt wurde, ergreifend.

„Da! da! er spricht zu denen vom vierten Fähnlein — da — da — Jesus, sie werfen den Hauptmann Eberbach nieder, und mein Mann, Jesus, mein Mann!" —

Die Augen der Armen wurden starr, mit einem Sprung war sie von der Höhe herab und stürzte sich mitten in das Getümmel; über den am Boden liegenden Hauptmann sank unter den Hieben und Stößen der Meutrer der Doppelsöldner Franz Hase von Erfurt zusammen. Vergeblich hatte sich Christoph von Denow unter die Piken und Hellebarden geworfen, mit seinem Schwert die Spitzen niederschlagend; im vollen Lauf stürzte jetzt das aufrührerische Kriegsvolk auf die Treugebliebenen und die Befehlshaber, Schüsse krachten hinüber und herüber. Ihr Messer aus der Scheide reißend trieb Anneke Mey in den Aufruhr hinein. Christoph von Denow sah sie plötzlich an seiner Seite unter den Füßen der Kämpfenden; — noch ein Augenblick, und sie war verloren, noch ein Augenblick, und er hatte sie, fast ohne zu wissen, was er tat, zu sich emporgezogen aufs Pferd; alles drehte sich um ihn her — „Mordio! Mordio!" brüllte es auf allen Seiten — — Da — — urplötzlich — — blieben alle die zum Verbrechen gezückten und geschwungenen Waffen, wie durch ein Zauberwort aufgehalten in der Luft — jeder Wut- und Angstschrei erstarrte auf den Lippen — Angreifer und Angegriffene standen lautlos, bewegungslos!

Im Westen über Rees hatte sich, begleitet von einem donnerartigen Krachen, der dunkle Nachthimmel blutig-rot gefärbt. Alle Geschütze auf den Wällen, alle Geschütze in den Angriffslinien brüllten los; im Lager des Reichsheeres flog ein Pulvervorrat in die Luft, dazwischen rollte, immer stärker werdend, das kleine Gewehrfeuer.

Mit einem Male hatte sich die Szene im aufrührerischen Lager vollständig verändert.

„Sturm! Sturm! Rees zu Sturm geschossen!" ging es von Mund zu Mund. „Sturm! Sturm! Gen Rees! gen Rees!"

Und als peitsche der Satan sie vorwärts, seiner Hölle zu, hatte sich plötzlich diese ganze Masse von Kriegern, Führern, Weibern, Troßknechten in Bewegung gesetzt, dem flammenden Vulkan im Westen entgegen. Gier nach Beute, unbefriedigte Gier nach Blut trieb sie von dannen. Im wildesten Taumel, Reiter und Fußvolk und Wagen bunt durcheinander, raste sie über das Feld durch die Nacht. Im wildesten Taumel und Traum, das Schwert am Faustriemen, vor sich auf dem Sattel das Mädchen aus den Weserbergen, saß Christoph von Denow auf seinem schwarzen Roß. — —

„Sturm! Sturm! Rees zu Sturm geschossen! Vivat der Graf! Vivat der Graf von Hollach! Vorwärts! Vorwärts!"

Ein sekundenlanges Anhalten in dieser wüsten Menschenflut war eine Unmöglichkeit, ein Fehltritt, ein Straucheln der sichere Tod. Schon hörte man zwischen dem Donnern und Krachen um die Stadt den Schlachtruf der Feinde: „Spanien und die Jungfrau! Spanien und die Jungfrau!" und lauter und näher den Ruf der angegriffenen Belagerer: „Das Reich! das Reich! Vorwärts, das Reich!"

Hinein in die Atmosphäre von Blut und Feuer brauste die anstürzende Menschenmasse, und die Letzten drängten bereits die Vordersten in die angegriffenen Laufgräben, aus denen eine andere Flut ihnen entgegen wogte. Das waren die Hessischen, die schlecht bewaffneten, halbverhungerten, im Regen und Rheinwasser fast ertränkten Schanzgräber, welche dem wilden Anprall der Spanier nicht hatten widerstehen können.

„Spanien! Spanien! Spanien und die Jungfrau!" rief Francisco Orticio, sich über einen Schanzkorb in die Höhe schwingend.

„Spanien! Spanien und die Jungfrau!" wiederholten seine Krieger ihm nachdringend.

„Rette, Hessen! Rette!" schrien die flüchtigen Söldner des Landgrafen im panischen Schrecken.

„Braunschweig! Braunschweig!" brüllte es von den Höhen der Böschungen.

„Up dei Düvels!" schrie Heinrich Weber aus Schöppenstedt, eine Fackel in der Hand mitten unter die Hessen springend. Der flammende Brand flog im weiten Bogen gegen die Spanier — ein zweiter Satz — die zu Grund, der Bergstadt im Harz, gehämmerte Hellebarde schmetterte nieder auf eine zu Cordova geschmiedete Sturmhaube: Diego Lua aus Toboso stürzte mit einem „*Valga me Dios!*" tot zurück.

„Braunschweig! Braunschweig!" brauste es dem Schöppenstedter nach, und „Braunschweig! Braunschweig!" jubelten auch die Hessen, welche mit neuem Mut sich wandten gegen ihre Verfolger.

„Braunschweig! Braunschweig!" rief Christoph von Denow, dem es gelungen war, sich von seinem Pferde zu werfen, welches sich auf der Böschung hoch bäumte, im nächsten Augenblick aber, von einer Kugel getroffen, zusammenbrach. Anneke Mey stand unbeschädigt auf den Füßen, doch auch sie wurde mit hinabgerissen in die

Gräben, wo sie jedoch samt Hans Niekirche hinter einem Haufen umgestürzter Schanzkörbe den verlorenen Atem wieder gewinnen konnte.

Und jetzt Angriff und wütende Verteidigung, Flüche in sechs Sprachen, Todesrufe; — auf engstem Raum Vernichtung jeder Art! — Alle Hauptleute der Braunschweiger: Adebar, Maxen, Wulffen, Wobersnau, Rußwurmb, Dux, Statz, und wie sie hießen, hatten ihre Stellen als Befehlshaber wieder eingenommen und drängten tapfer kämpfend die Spanier zurück. Tapfer stritten aber auch die Spanier. Sechs Geschütze hatten sie in den hessischen Schanzen genommen und in den Rheingraben versenkt, Schritt für Schritt wichen sie zu den flammenden Mauern und Wällen der Stadt über die Leichen ihrer Landsleute und ihrer Feinde. Der Graf von Hohenlohe in vollster Rüstung mit seinen Herren führte stets neue Truppen an; Haufen auf Haufen ließ Don Ramiro de Gusman hervorbrechen.

Dicht an den Spaniern kämpfte Christoph von Denow, das Blut rieselte aus einer Stirnwunde, — er merkte es nicht. Anneke Mey hatte sich mutig auf ihren Schanzkorb geschwungen und den widerstrebenden Niekirche nachgezogen. Sie hielt ihr Messer noch immer gezückt in der Rechten, mit der Linken hielt sie den schlotternden Trommelschläger am Kragen.

„So schlage den Sturmmarsch, Junge!" rief sie lachend. „Willst' nicht? Wart, gleich fliegst du herunter, daß sie dich drunten zu Brei vertreten, Feigling!"

„Ja! ja! ich will!" jammerte Hans. „Ach wär' ich doch daheim! Ach wär' ich doch zu Haus! Mein Mutter! mein Mutter!"

„Na, na, schlage nur immer zu, du kommst noch davon!" sagte Anneke begütigend und ließ den Kragen des Armen los. „Dein' Mutter wartet schon a bissel! Schau, wie lustig das aussieht — da, guck, sie geben's den welschen Bluthunden! Wär' ich 'n Knab, wie du — hei, ich wollt's ihnen auch schon zeigen!" Und mit heller Stimme fing das Mädchen an zu singen:

„Mein Vater wollt' ein Knäbelein,
Mein Mutter wollt' ein Mägdelein,
Mein' Mutter tät gewinnen,
Des muß den Flachs ich spinnen — Ja spinnen!
Das ist mir großes Leid!"

Immer mutiger schlug Hans Niekirche, durch seine Gefährtin aufgemuntert, seine Wirbel, und unter beiden Kindern vorbei drängten ununterbrochen die Scharen des Reichs vor und zurück, wie der Kampf vor- und zurückwich; bis die Spanier in die Stadt gedrängt waren, und das Zeichen zum Sammeln von allen Seiten den Deutschen gegeben wurde. Don Ramiro hatte die Rheinschleusen, welche er in seiner Gewalt hatte, öffnen lassen.

„Sieh das Wasser! das Wasser!" rief Hans Niekirche in neuer Angst. „Laß uns fort, Anneke, sie wollen uns ersäufen, wie die jungen Katzen."

Ein allgemeiner Schrei erhob sich unter dem Getümmel in den Laufgräben; schon standen manche Haufen bis an den Gürtel in der reißend schnell steigenden Flut.

„Halt, halt!" rief Anneke Mey. „Er ist noch nicht zurück; aber — geh nur — geh — ich bleib'!"

„Und ich bleib' auch!" schrie Hans der Trommler.

„Zurück! zurück!" tönte es aus den rückwärts weichenden Scharen des Reichsheeres: „Das Wasser! Der Rhein! Das Wasser!" Und immerfort donnerte das Geschütz der Spanier von den Wällen, immerfort schlugen die Kugeln verheerend in das wirre, verzweiflungsvolle Durcheinander.

Es war eine böse Belagerung — die Belagerung der Stadt Rees am Rhein: es war kein Glück, es war keine Ehre dabei zu holen.

„Der Junker! der Junker! Christoph! Christoph von Denow!" schrie die junge Dirne auf ihrer Höhe, die Hände ringend, und das Wasser stieg und stieg. Schon waren die letzten der Haufen unter ihr vorüber, und die Toten, von den Fluten gehoben, wirbelten um sie her. Da griff eine Hand aus den Wassern nach dem Schanzkorbe, auf welchem sie stand, und ein bleiches Haupt erhob sich zu ihren Füßen: „Rette! Rette!"

„Christoph! Christoph!" schrie das Mädchen, sie lag auf den Knien, sie faßte die triefenden Locken, sie faßte den Schwertriemen — der Junker von Denow war gerettet. Valentin Weisser, der Riese, dessen Blutdurst und Mut durch den Kampf und den Rhein bedeutend gekühlt war, brachte mit Hilfe gutwilliger Genossen den wunden Junker, die Dirne und Hans, den Trommelschläger, glücklich auf das Trockene und weit hinein ins Feld, wo die gelichteten, zerrissenen, wunden Krieger des Reichsheeres um die Wachtfeuer murrend und grollend in stumpfsinniger Ermattung lagen und die Führer bereits wieder unheimliche und drohende Worte zu hören bekamen.

II.

rübe dämmerte der Morgen. Auf die wüste Nacht folgte ein ebenso wüster Tag. Vergeblich hatte Herr Otto Heinrich von Beylandt, Herr zu Rethen und Brembt, Leib und Leben und Seligkeit den Meuterern zum Pfande eingesetzt, daß sie nicht von des Reichs Boden weggeführt werden sollten; vergeblich hatte der Graf von Hohenlohe geflucht, gebeten und gedroht. Zwischen sieben und acht Uhr waren zehn Fähnlein des braunschweigischen Regiments aufgebrochen und aus dem Feld gezogen, Münster zu. Weiber, Kinder, Dirnen folgten jetzt dem plündernden, ehrvergessenen, eidbrüchigen Haufen durch den grauen Nebelregen. Keiner befahl, keiner gehorchte. Die einen meinten, es gehe gradaus zum Herzog von Braunschweig, ihrem Zahlherrn, nach Wolfenbüttel; andere glaubten, es gehe gegen den Bischof von Münster; die meisten aber dachten gar nichts, und so schwankte der tolle Zug, einem Betrunkenen gleich, hier vom Wege ab, dort vom Wege ab, jetzt auf ein Dorf zu, jetzt auf ein einsames Gehöft. Kleinere Banden schweiften zur Seite, oder vor und nach — fort und fort über die Heide; hier im Kampfe mit einer ergrimmten Bauernschar, dort im Hader untereinander. Der Nebel ward Regen und hing sich in perlenden Tropfen an die letzten Blüten des Heidekrauts und träufelte von den Stacheln und Zweigen der Dornbüsche. Krähenscharen begleiteten den Zug lautkrächzend, oder flatterten in dichten Haufen westwärts dem Rhein zu, wo von Rees her das Feuer der Berennung

nur noch in einzelnen Schlägen dumpf grollte. Stärker und stärker ward der Regen, die blutigen Spuren der vergangenen Nacht, der Schlamm der Laufgräben mischten sich auf den pulvergeschwärzten Gesichtern, den zerrissenen, verbrannten Kleidern, den verrosteten Waffenstücken — die Männer fluchten und sangen, die Weiber ächzten, die Kinder schrien, und Anneke Mey auf ihrem Wagen, mit einem Bierfaß beladen, hielt tröstend das Haupt des wunden Christoph von Denow in ihrem Schoß und sprach ihm zu und verhüllte ihn, wie eine Mutter ihr Kind, mit einem groben Soldatenmantel; während Hans Niekirche zähneklappernd das magere Roß leitete, welches vor dem Karren ging. — Lange Zeit hatte der Junker wie besinnungslos gelegen, jetzt hob er den Kopf mühsam empor und strich die Haare aus der Stirn und warf einen Blick auf seine Umgebung.

„O Anneke, weshalb hast mich nicht gelassen in dem Wasser — oh! oh!"

„Still, still, lieget ruhig, Herr! Die ganze Welt ist auseinander —"

„Weshalb hast mich nicht gelassen im Lager — im Heer vor Rees?"

„Es ist aus, aus! Alles aus, sagen sie. Alles läuft auseinander —"

„Und wohin gehen wir?"

„Weiß nicht! weiß nicht!"

„Bin also so weit! Ein Spießgesell von Räubern und Mördern und landesflüchtigem Gesindel! Krächzt nur, ihr schwarzen Galgenvögel, ihr habt einen feinen Geruch, wittert den Fraß, wann er noch lustig auf den Beinen herumstolpert und den Bauerngänsen die Hälse abhaut und die Rinder aus dem Stall zieht. O Christoph! Christoph! Und du könntest einen adeligen Schild führen!"

Der junge Gesell stieß solch einen herzbrechenden Seufzer aus, daß ein neben dem Karren reitender Söldner aufmerksam wurde. Er drängte sein Pferd näher heran, zog seine Feldflasche hervor und reichte sie dem Wunden zu.

„Hoho, Junker, was spinnst für Hanf? Da wärme dir das Herz, bis wir uns den Münsterschen Dompfaffen in die warmen Nester legen! Aufgeschaut, aufgeschaut, Christoffel! 's ist beschlossen, Ihr sollt unser Obrister werden!"

Der Junker machte eine unwillige Handbewegung und antwortete nicht.

„Auch gut," brummte der Reiter. „Der Satan hol' alle diese Maulhänger! Möcht' nur wissen, was die Gesellen für einen Narren an ihm gefressen haben. Hat den Vorspruch gemacht gestern beim Grafen nach ihrem Willen und soll den Führer spielen, und kann den Kopf nicht grad halten — Bah! Hätten hundert Bessere gefunden; kann mit seinem Adel weder den Mantel noch die Ehre flicken. Fort, Mähre, was scheust? Dacht ich's doch, da liegt wieder einer der trunkenen Schelme im Wege. Vorwärts, Schecke, laß liegen, was nicht mehr laufen mag. Was will die Trompete? Holla, was ist das?"

Ja, was wollte die Trompete? Auf der rechten Seite des Weges der Meuterer waren zwar von Zeit zu Zeit vereinzelte Schüsse gefallen, niemand hatte sie aber beachtet, weil man sie nur den obenerwähnten Scharmützeln mit den Bauern und Hahnenfedern zuschrieb. Jetzt aber wurde das Feuer regelmäßiger, Reitertrompeten erschallten. Der Zug stutzte und hielt. Gestalten, schattenhaft, tummelten sich in dem dichten Nebel, und erschreckte Stimmen erklangen: „Die Spanier! Die Spanier!"

„Zum Henker die Spanier; wie kommen die Spanier soweit über den Rhein?" brummte der Reiter, welcher eben dem

Junker die Feldflasche geboten hatte. Er lockerte aber nichtsdestoweniger das Schwert in der Scheide und wickelte den rechten Arm aus dem Mantel los.

„Der Feind! der Feind! die Speerreiter!" riefen die im Lauf rückkehrenden Plünderer, zu den Genossen stoßend, und einige brachten eine frische Wunde mit zurück. Näher und näher hörte man die Trompeten und den Schlachtruf *„España! España!"* und dann „Hohenlohe! Hohenlohe!"

Keiner von den Meutmachern machte Miene, an dem Gefechte teilzunehmen; aber die Musketen waren auf die Gabeln gelegt, die Lunten aufgeschroben, die Spieße gesenkt, und man hatte instinktmäßig einen Kreis um die Wagen mit den Weibern und Kindern und den Raub geschlossen.

Jetzt schienen die Spanier wieder zurückgedrängt zu werden; der Lärm des Kampfes verlor sich in der Ferne. Der Zug der Aufrührer wollte sich bereits wieder in Bewegung setzen.

„Halt, halt!" rief einer der Fußknechte, „da kommen sie wieder! Rossestrab!" Er kniete nieder und legte das Ohr an den Boden. „Viel Pferde im Galopp!" Man konnte kaum zehn Schritte weit im Nebel und Regen deutlich sehen; es waren wieder nur unbestimmte Schatten, die man nahen sah.

Ein „Halt" wurde ihnen zugerufen, und sie hielten, und eine einzelne Gestalt löste sich von dem Haufen ab. Aus dem Ring der aufrührerischen Söldner des Reichs traten ihr einige entgegen.

„Wer seid Ihr? Woher des Weges? Was für Begehr?"

Der Nahende ritt, ohne zu antworten, näher heran.

„Haltet, oder wir schießen!"

„Nur zu, eidbrüchig Gesindel; versucht, ob ihr einen

ehrlichen Reitersmann trefft!"

Wilde Flüche und der Ruf „Feuer, Feuer!" ertönten, und manche Büchse wurde in Anschlag gebracht; aber dazwischen riefen auch Stimmen: „Halt, halt, das sind keine Spanier, keine Speerreiter!"

„Nein, das sind keine Spanier," rief der Reisige zurück. „Das sind auch keine Meuterer, Mörder oder Diebshalunken; — ehrliche Hohenlohesche Reiter sind's, die euch Lumpengesindel wahren sollen, daß ihr nicht dem Galgen entlauft! Glaubt's, der Graf hätte meinetwegen andere dazu schicken mögen, als uns — nehmt das Ab — Henkermahl drauf!"

„Der Graf von Hollach hat Euch geschickt?" fragte es verwundert aus dem Haufen, und mancher der wilden Kerle drängte sich vor, näher an den Reitersmann.

„Zurück!" rief dieser, „wir gehen mit euch, wie befohlen, jagen die Speerreiter, die euch die Gurgel abschneiden könnten, — man sparte nur die Stricke — und schützen das arme Landvolk vor euch Hunden. Damit holla! — na, wohin geht der Marsch?"

„Packt Euch zum Teufel, wir brauchen Euch nicht!" schrie Jobst Bengel aus Heiligenstadt. „Wer hat Euch gerufen? Sagt dem Grafen, dem Holländer, unsern schönsten Dank und wir könnten unsern Weg allein finden."

„Geht nicht! Alles auf Befehl! Kümmert euch so wenig als möglich um uns; ihr handelt nach Belieben, wir nach Befehl!"

„Aber unser Belieben ist, daß ihr euch hinschert, woher ihr gekommen seid!" brüllte Hans Römer aus Erfurt. „Geht, oder es setzt mein' Seel blutige Köpfe!"

„Unser Befehl ist, daß wir gehen, wohin euch der Satan treibt. Am Höllentor kehren wir um, das ist der Befehl.

Genug der Worte."

Damit wandte der Hohenlohesche Rittmeister sein Roß und sprengte zurück zu seinen Reitern, welche unbeweglich auf einer kleinen Erderhöhung hielten und im Gegensatz zu dem tobsüchtigen, wüsten Gebaren der Meuterer nur leise Worte des Zorns und der Verachtung hatten.

Auf seinem Schmerzenslager hatte Christoph von Denow halbblinden Auges und klingenden Ohres den Vorgang angesehen und angehört. Jetzt mußte er auch ohnmächtiger Zeuge der wilden Reden um ihn her sein.

„Das ist solch ein falsch Spiel von dem Grafen — das ist eine Falle. Sollen uns schützen vor den Speerreitern! — Lauter Sorg und Lieb, bis sie uns den Hals zuschnüren! — Nichts von dem Grafen von Hollach! Fort mit den Reitern des Holländers! Feuer auf sie! In die Spieße! in die Spieße mit ihnen!"

„Die Rasenden! die Niederträchtigen!" stöhnte Christoph von Denow, die Hände ringend. „Und hier liegen zu müssen gleich einem abgestochenen Schaflamme! Halt, halt, was wollen sie tun?!"

Seine schwache Stimme ging verloren in dem Lärm „fort mit Holländern, fort mit dem Grafen von Hollach!"

Mit einem Schlage setzte die ganze Masse der Meuterer im Sturmlauf an gegen das kleine Häuflein der Reiter.

„Hab's mir wohl gedacht," brummte der Rittmeister in den grauen Bart. „Achtung, Gesellen! Stand gehalten — das ist der Befehl. Herunter mit den Schuften, wenn sie euch nahe kommen."

Sie griffen wirklich an. Im nächsten Augenblick war die Reiterschar umringt, durchbrochen. Die meisten sanken nach tapfrer Gegenwehr vom Pferd; nur wenige schlugen sich durch und flohen über die Heide. Zuletzt kämpfte noch ein einzelner. Das war der tapfere alte Führer, der sich wie ein Verzweifelter wehrte. Endlich erstach ihm Balthasar Eschholz aus Berlin das Roß, und eine Kugel durchfuhr seine treue Brust.

Einige Minuten standen die Mörder wie erstarrt. Schlug ihnen diesmal das Herz? Sie wagten es nicht, die Gefallenen zu berauben, ein plötzlicher Schrecken kam über sie, wie von Gott dem Richter gesandt, und Mann und Roß und Wagen stürzten von dannen, hinein in den Nebel, der sie verschlang, als seien sie nicht wert, von Himmel und Erde gesehen zu werden.

„Das ist ein schlechter — schlechter Tod!" seufzte der zu Boden liegende Reiterhauptmann. „Ein schlechter Tod! — In deine Hände — aber alles der Befehl — nun kann der Rat von Nürnberg mein Weib und meine Jungen auffüttern — ein schlechter Tod — Amen! Alles — der — Befehl!"

Er griff noch einmal mit beiden Händen krampfhaft in das Heidekraut — es war vorüber.

Ein Wäglein und drei Menschenkinder waren zurückgeblieben beim Fortstürzen der Mörderschar. Das waren Anneke Mey aus Stadtoldendorf, welche das Haupt des Erschlagenen stützte, das war Christoph von Denow, der auf seinem Lager das Vaterunser weiter betete, welches der Rittmeister nicht hatte zu Ende bringen können. Das war Hans Niekirche, der Trommelschläger, welcher schluchzend das Rößlein vor dem Wagen hielt!........

III.

icht Leben, nicht Tod; nicht Vergessenheit, nicht Sinnesklarheit; nicht Schlaf, nicht Wachen; — alles ein wildes, wirres Chaos in dem fieberkranken Kopfe Christoph von Denows! Jetzt legte es sich ihm, einem feurigen Schleier gleich, vor die Augen, tausend Sturmglocken und der Verzweiflungsschrei einer eroberten Stadt füllten ihm Ohr und Hirn; — jetzt versank er wieder in ein endloses graues Nichts, in welchem ihn allerlei unerkennbare Schatten umschwebten; — jetzt vermochte er es wieder, sich und seine Umgebung zu unterscheiden, ohne sich klar darüber werden zu können, wer ihn von dannen führe und wohin man ihn führe. Manchmal war der Himmel über ihm grau und ihn fror, dann wieder schaute er empor in das reine Blau, und die Sonne schien herab auf ihn. Manchmal glaubte er sich in einem auf dem Wasser fahrenden Schifflein zu befinden, manchmal sah er wieder grüne Zweige über sich und hörte die Vögel singen. Er gab es auf, zu denken, sich zu erinnern: willenlos überließ er sich seinem Geschick. Es zog und zuckte durch seinen Geist! — Da ist der weite, kühle Saal in der väterlichen Burg, dem einstmals am weitesten in das Polen- und Tartarenland vorgeschobenen Posten des deutschen Wesens. Durch die bunten Scheiben der spitzen Fenster fällt das Licht der Sonne und wirft die farbigen, flimmernden Schattenbilder der gemalten Wappen und Heiligen auf den Estrich. Da steht der Sessel des Ritters von Denow neben dem großen Kamine, und der Sessel und der

Gebetschemel der Mutter in der Fenstervertiefung, da glitzern im Winkel auf dem künstlich geschnitzten Schenktisch die riesigen, wie Silber glänzenden Zinnkrüge und Geschirre. Da blickt ernst von der Wand der Ahnherr mit dem Ringpanzer auf der Brust, und manch wunderlich Gewaffen aus den Polen- und Preußenschlachten hängt an dem Mittelpfeiler, welcher den Saal stützt....

Feuer! Feuer! Das ist nicht der Widerschein der Abendsonne an den Wänden. Feuer! Feuer! und das Wimmern der Burgglocken und der Schall der Sturmhörner! — Wo blieb das süße, mildlächelnde Bild der Mutter, das eben noch durch den stillen dämmerigen Saal glitt? Feuer und Sturm! Die Polen! die Polen! Allverloren! Allgewonnen! Allgewonnen!

Da taucht ein ehrliches bärtiges Gesicht auf — das ist der Knecht Erdwin Wüstemann, welcher den kleinen Christoph aus der brennenden väterlichen Burg auf den Schultern trug und rettete.... Nun rauscht der Wald, nun murmelt der Bach — das ist die verlorene Forsthütte, wo der treue Knecht und das Kind hausten so lange Jahre hindurch. Die Hunde zerren bellend an der Kette, der Falk schaukelt sich auf seiner Stange. Wilde Gesellen und Weiber — fahrende Soldaten, Sänger und Studenten und demütige Juden verlangen Obdach vor dem nahen Gewitter oder dem Schneesturm. Sie lagern auf nackter Erde um das Feuer, an welchem die Hirschkeule bratet. Der Weinkrug geht im Kreise umher; Lieder erschallen! Lieder vom freien Landsknechtsleben, lutherische Lieder, Spottlieder gegen den Papst und den Türken und lateinische Lieder vom wandernden Scholarentum. Jetzt gerät der rote Heinz mit dem landflüchtigen Leibeigenen oder dem Zigeuner in Streit; die Messer blitzen, der Knecht Erdwin wirft sich zwischen die Kämpfenden — es rauscht der Wald, es murmelt der Bach, es klingt die Harfe des blinden Sängers — ah Wasser,

Wasser und Waldfrische in dieser Glut, welche das Gehirn verdorrt und die Knochen versengt!

Einen Augenblick lang öffnete der Kranke die Augen, er hörte Stimmen um sich her; jemand hielt ihm einen Krug voll frischen Wassers an die heißen Lippen. Er hatte nicht fragen können, wo er sei, wer ihm helfe in seiner Not? — von neuem ergriff ihn der Fiebertraum.

Aus dem Kinde ist im lustigen Wildschützenleben ein wackerer Bub geworden. Hinaus aus dem grünen Wald zieht der Knecht Erdwin mit dem Schützling. Die Zeiten sind danach — wer kühn die Würfel wirft, kann wohl den Venuswurf werfen. Mancher gelangte in der Fremde zu hohen Ehren und Würden, der im Vaterlande kaum den heilen Rock trug. Gern kaufen Franzosen, Spanier, Holländer mit rotem Golde rotes deutsches Blut. Ho, so hattest du dir die Welt draußen vor dem Wald wohl nicht gedacht, Christoph von Denow? Hei, das waren andere Gestalten und Bilder: Städte, Klöster und Burgen; Fürsten mit Rittern und Rossen, schöne Damen, Äbte und Bischöfe mit reichem Gefolge, Bürgeraufzüge, bunte Landsknechtsrotten auf dem Wege nach Italien, nach Frankreich — für den Kaiser und wider den Kaiser!

Aus dem Reitersbuben ist ein Reitersmann geworden, welcher nichts sein nennt, als sein gutes Schwert, und welchem von den Vätern her nichts geblieben ist, als der eiserne Siegelring mit dem Wappen derer von Denow, welchen er am Finger trägt.

Immer weiter hinein in das bunte Leben, in den bunten Traum — tagelang, wochenlang im Wundfieber kämpfend zwischen Sein und Vernichtung, bis endlich eine Glocke dumpf und feierlich erklingt, eine Glocke, die nicht mehr allein in dem Gehirn des Kranken läutet!

„Wo bin ich?... Die Glocke, was will die Glocke?" murmelte

Christoph von Denow, die Augen aufschlagend.

Anneke Mey stieß einen Freudenschrei aus und hob das Haupt des Junkers ein wenig aus ihrem Schoße: „Er lebt, o guter Gott, er wird leben!"

„Die Glocke! die Glocke?"

„Still, lieget still, Herr! das ist Sankt Lambert zu Münster, und da — horcht! das ist der Dom! Morgen ist der heilige Matthiastag — still, still, lieget ruhig."

Es wurde dunkel über dem Junker; das Wäglein fuhr in diesem Augenblick durch die Torwölbung. Der Junker schloß die Augen wieder, er glaubte einen Wortwechsel zu hören, er glaubte zu bemerken, daß der Wagen hielt, Annekes Stimme erklang ängstlich und bittend dazwischen. Er glaubte ein bärtiges Gesicht über sich zu sehen und einen Ausruf des Schreckens zu hören. Der Wagen bewegte sich wieder — er fuhr aus dem dunklen Tor in das Licht der Straße hinein. — —

Das war das Gesicht des alten Knechts Erdwin, welches der Junker von Denow über sich sah, bis im folgenden Moment alles verschwand und es wieder Nacht war im Geiste Christophs. — Allmählich aber wurde diese Nacht jetzt Dämmerung; die Gedanken ordneten sich mehr und mehr. Christoph von Denow erwachte wieder zum Leben.

Er fühlte den wohltuenden Strahl der milden Herbstsonne, er vernahm die Worte der Freunde um sich her. Jetzt erzählte Erdwin, der Knecht, jetzt sprach Anneke Mey, jetzt lachte Hans der Trommelschläger. Die Landschaft glitt an ihm vorüber, Städte, Dörfer, Flecken, er sah blaue Höhenzüge im Osten auftauchen und vernahm, wie ein Wanderer dem Knechte Erdwin sagte, das sei der altberühmte große Teutoburger Wald. Er schlummerte abermals ein, und als er abermals erwachte, fand er sich mitten in den Bergen, und ein Wasser rauschte seitwärts in das Dickicht. „Das Wässerlein kenn' ich," rief Anneke, „das ist die Else, die fließt in die Werre, und die Werre fließt in die Weser, nun sind wir der Heimat nahe."

„Und wie ziehen wir nun, Anneke?" fragte der getreue Knecht Erdwin, welcher munter neben dem Wagen, den Spieß auf der Schulter, herschritt.

„Wo die Sonne aufgeht, fahren wir zu; aus dem Teutoburger Wald in den Lippeschen Wald, zuletzt wird doch mal ein Berg kommen, von dem wir die Weser glitzern sehen können. Dann sind wir zu Hause!"

„Anneke, Anneke!" murmelte Christoph.

„O, wachet Ihr wieder, Junkerlein? geduldet Euch und lieget still, wir sind alle noch da, und der Meister Erdwin ist auch da und hat mir alles von Euch erzählt und ich ihm auch alles von Euch."

„O Junker, Junker, seid Ihr wach?" rief der Knecht Erdwin und schauete über den Rand des Wagens. „Das Mütterlein im Himmel muß über uns wachen, daß ich Euch grad am Tor zu Münster treffen mußt'. Von der Reichsschanze bis nach Münster bin ich kreuz und quer Euern Spuren nachgezogen. Habt mich schön in Angst und Not gebracht! Haltet das Maul, Junkerlein. Dem Herzmädel da dankt Ihr Euer jung Leben. Lasset Euch tränken und atzen und schlaft wieder ein, wir halten Euch oben, Hans und Anneke und ich!"

Christoph drückte schwach die Hand des wackern Alten, er wollte nach dem Heere fragen, nach den Meuterern, aber er vergaß es. Sein wunder Kopf ruhte noch immer an der Brust der jungen Dirne. Aus schwimmenden Augen blickte er auf zu dem braunen, wildfreundlichen Gesicht über ihm.

„Ach, Anneke Mey, Anneke Mey, wohin willst du mich führen?"

„In meiner Heime ist es gar schön," sagte das Mädchen. „Da sind die Berge und die Wiesen so grün, da schaut die alte Burg, sie heißen sie die Homburg herab auf das Städtel. Da sind die hohen weißen Felsen ganz weiß, weiß — da wohnen die klugen Zwerge in tiefen runden Löchern. Das ist wahr, ganz gewiß wahr! Es ist auch schaurig da, manchmal rührt sich der Boden, und der Wald sinkt ein in die Erde, tief, tief, — und ein Wässerlein springt dann unten in dem Grund auf; das Wasser trinken die Leut nicht gern. Aber mitten in den Bergen, da ist ein kühler Bronn, der Wellborn geheißen, aus dem kommt das Wasser durch Röhren in die Stadt, und die Brunnen rauschen und plätschern immer zu. Und vor dem Burgtor ist ein klein Haus dicht an der Stadtmauer, da sitzt meine alte Muhme, die Alheit — mein Vater und Mutter sind lang tot im Lager von Lafere, wo wir mit dem französischen König Heinrich waren — und ihre Katz sitzt neben ihr, und wenn sie, ich mein' die Muhme — an mich gedenkt, so brummt und keift und bet't sie ein Vaterunser, grade weil sie mich gern hat. Schläfst noch nicht, Junkerlein? Mach die Augen zu und kümmre dich nicht um die Welt."

Mit leiser Stimme fing das Mädchen an zu singen:

„Musikanten zum Spielen,
Schöne Mädchen zum Lieben:
So lasset uns fahren,
Mit Roß und mit Wagen,
In unser Quartier!
In unser Quartier!"

„Ach, der Wagen stößt zu hart; wisset Ihr was, Meister Erdwin? singet Ihr weiter."

„Wollen's versuchen!" sagte der Knecht Wüstemann und begann im Ton der Schlacht von Pavia das Lied von der Schlacht vor Bremen, in welche er als junger Bursch mit den

Reitern des Grafen von Oldenburg gezogen war, und frisch schallte sein Baß in den Wald hinein.

> „— Unser Feldherr das vernahm,
> Graf Albrecht von Mansfelde,
> Sprach zu seinem Kriegsvolk lobesam:
> Ihr lieben Auserwählten,
> Nun seid ganz frisch und wohlgemut,
> Ritterlich wolln wir fechten;
> Gewinnen wolln wir Ehr und Gut,
> Gott wird helfen dem Rechten."

Als der Endvers kam, war Christoph wirklich eingesungen zu sanftem Schlummer, und Hans Niekirche behielt den braunschweigschen Gassenhauer, den er eben zum besten geben wollte, auf das Ersuchen des alten Erdwins für sich. Mit einbrechender Nacht wurde bei einem Köhler mitten im Forst das Nachtquartier aufgeschlagen.

„Was ist denn da draußen vorgegangen in der Welt?" fragte der schwarze Waldmann. „Ihr seid die Ersten nicht, die hier durchkommen sind und hier angehalten haben. Das ist ja auf einmal, als ob alles Kriegsvolk im deutschen Land sich hier auf den Wald niedergeschlagen hätt', wie ein Immenschwarm auf den Schlehenbusch. Ist es wahr, daß das Reichsheer auseinandergelaufen ist?"

„Es ist wahr," sagte der Knecht Erdwin düster. „Es ist aus, — alles vorbei!"

„Vorgestern zog hier ein Trupp durch, fast zehn Fähnlein stark, aber anzusehen wie ein wüst Raubgesindel, Fußvolk und Reiter durcheinander. Wollten gen die Weser und ließen sich vernehmen, sie wollten ihrem Zahlherrn, dem Braunschweiger Herzog —"

„Die Braunschweiger?!" riefen Erdwin und Anneke und Hans Niekirche. „Die Braunschweiger?!" murmelte

Christoph von Denow und richtete sich halb auf seinem Lager auf.

„Gehöret Ihr zu ihnen?" fragte der Köhler mißtrauisch. „Nehmt Euch in acht; ich hab' einen gesprochen, der sagte, der Braunschweiger habe seine Leibguardia und Reiter die Menge abgesandt, ihnen den Weg zu verlegen. Sein Feldhauptmann, der Graf von Hohenlohe, ist auch, von Mitternacht her, gegen sie aufgebrochen. Das kann ein übel Ende nehmen!"

„Gegen die Weser sind sie gezogen?"

„Wie ich Euch sagte, Maidlein."

„Herr Gott, so müssen wir ab vom Weg!"

„Ihr gehört also nicht zu ihnen?"

„Nein! nein! nein!" riefen Christoph und Erdwin und Anneke.

„Und Ihr wollt auch über die Weser?"

„In meine Heimat!" rief Anneke.

„Mit dem wunden Mann? Geht nicht, wahrlich geht nicht! Weg und Steg sind verlegt."

Alle schwiegen erschrocken und verstört einige Minuten.

„Saget doch," fuhr der Köhler dann fort, „weshalb wollt Ihr nicht bei mir bleiben im Walde, bis der Kopf des Burschen dort wieder heil und ganz ist? Hunger und Durst sollt Ihr nicht leiden. Ihr erzählet mir alles, was da draußen in der Welt vorgegangen ist, dafür geb' ich Euch Futter und Obdach. Gefällt's Euch?"

„Ihr wolltet —?"

„Gewiß will ich; ich will Euch sogar noch großen Dank schuldig sein dafür!"

„Angenommen, Landsmann!" rief der Knecht Wüstemann

freudig. „Junker, nun streckt Euch lang auf Euerm Lager, und wehe dem ersten Rehbock, der mir vor die Armbrust gerät, welche ich dort an der Wand sehe."

So kamen am Tage Cornelii des Hauptmanns die vier Flüchtlinge des Reichsheeres zum ersten Mal zu Ruhe.

IV.

ominus Basilius Sadler, der heiligen Schrift Doktor und fürstlicher Hofprediger zu Wolfenbüttel, hatte seine Predigt beendet und das Vaterunser gebetet. Unter den letzten Klängen der Orgel strömte die Menge aus der Marienkapelle in den dunkeln nebligen Herbsttag hinaus. Man schrieb den vierten November 1599.

Was hatte das andächtige Volk? Statt ruhig und gemessen wie gewöhnlich am heiligen Sonntag ihren Wohnungen und dem Sonntagsbraten zuzuschreiten, blieben die Männer in Gruppen auf dem Kirchplatz stehen und steckten die Köpfe zusammen; selbst die Weiber waren von derselben Aufregung ergriffen. Kaum war nämlich der letzte Orgelton verhallt, so durchzitterte von der Dammfestung her ein anhaltender Trommelwirbel die stille Luft und schwieg dann einige Augenblicke. Darauf näherten sich die kriegerischen Klänge im Marschtakt, und manche der Bürger eilten ihnen, ihre Knaben an der Hand, entgegen; der größte Teil der Menge blieb jedoch zurück und erwartete die Dinge, welche da kommen sollten. „Nun geht es an! Das ist der Beginn!" hieß es unter dem Volk.

„Das ist der Gerichtswebel, Martin Braun von Kolberg," sagte ein Goldschmied, der von allem genau Bescheid wußte. „Der verkündet nun das kaiserliche Malefizrecht an allen vier Orten der Welt."

„Sie kommen! sie kommen!" hieß es unter der Menge, und

eine Gasse bildete sich jetzt, um die Nahenden durchzulassen. Von der Dammbrücke her durchzog mit seinen drei Trommlern der Gerichtswebel, begleitet von einigen Hellebardierern, feierlich und langsam die Heinrichsstadt gegen das Kaisertor hin.

Wir lassen ihn ziehen und lassen das Volk seine Betrachtungen anstellen und schreiten quer über den Platz vor der Marienkapelle, durch die Löwenstraße, über die Dammbrücke an dem Schloß vorüber nach dem Mühlentorturm, dessen Eingänge von einer stärkern Wache als gewöhnlich umgeben sind. Wir führen den Leser in das obere Stockwerk des Gebäudes. Ein weites Gewölbe tut sich uns hier auf, so dunkel, daß das Auge sich erst an die Finsternis gewöhnen muß, ehe es irgend etwas in dem Raum erkennen kann. Ist das geschehen, so bemerken wir, daß das trübe, herbstliche Tageslicht, durch viele, aber enge und stark vergitterte Fenster fällt. Die Wände entlang ist Stroh aufgeschichtet, auf welchem dunkle Gestalten in den mannigfaltigsten Stellungen und Lagen sich dehnen. Von dunkeln Gestalten sind auch einige hie und da aufgestellte Tische umgeben. Ein Kohlenfeuer glimmt in dem Kamin unter dem gewaltigen Rauchfang. Allmählich erkennen wir mehr in dem dunsterfüllten Raume: bleiche, wilde Gesichter, umgeben von wirren zerzausten Haaren, schlechtverbundene, mit blutigen Binden umwickelte Glieder. Ein leiseres oder lauteres Klirren und Rasseln von Ketten erschreckt uns; — wir sind unter den — Meuterern von Rees! Gekommen ist's, wie es kommen mußte; morgen wird der Obriste des niedersächsischen Kreises, Herr Heinrich Julius von Braunschweig, das Gericht über sie angehen lassen. Dumpf tönt der ferne Trommelschlag des um die Wälle der Festung ziehenden Gerichtswebels Martin Braun in ihr Gefängnis herüber. Lauschen wir ein wenig den Worten der gefangenen wilden Gesellen!

„Ta, ta, ta! Was das für ein Wesen ist? Sollte man nicht meinen, der Teufel sei den Kerlen in den Lärmkasten gefahren? Es gehet alles zum Schlechteren, selbsten das Trommelschlagen," sagte eine baumlange Gestalt, sich über die Genossen erhebend.

„Sollt' meinen, Valtin, wir hätten uns um anderes zu kümmern als den Trommelschlag," sagte unwirsch ein zweiter Söldner.

Valentin Weisser ließ sich jedoch nicht von seinem Thema abbringen. „Horchet nur, ist das die alte freudige deutsche Art? Aber jetzt will jeder ein Neues einbringen! Auch die Hispanier machen's so; da lob' ich mir die Italiener, die haben aufgehoben, was wir nicht mehr mochten, und ziehen mit den fünf gleichen Schlägen bis ans Ende der Welt. Topp, topp, topp, topp, topp! das erwecket das Herz zu Freud und Tapferkeit und hilfet zu Leibeskräften. Topp, topp, topp, topp, topp! Hüt dich Bau'r, ich komm'! — das ist's! oder —"

„Hauptmann, gib uns Geld!" fiel lachend ein Dritter ein.

„Füg dich zu der Kann!" brummte Hans Römer von Erfurt, der Schmerbauch.

„Mach dich bald davon!" sang eine schrille Stimme dazwischen.

„Hüt dich vor dem Mann!" brummte Jobst Bengel von Heiligenstadt. „Möchte nur wissen, wie lang wir noch in diesem Loch stecken sollen? Alle blutigen Teufel, ich wollt', der Blitz schlüg' gleich mitten unter uns, und nähme uns mit herauf oder herunter, ins Paradies oder die Hölle! 's sollt' mir gleich sein — 's wär' wenigstens eine Veränderung!"

„Das greuliche Fluchen ist auch nicht an der Zeit!" sagte eine ernste und finstere Stimme.

„Hilft auch zu nichts, Meister Wüstemann," grinste der

Vorige wieder. „Dem Galgen entläuft man nit so leichtlich — mit Verlaub, Junker, das war nicht auf Euch gesagt." Wir folgen dem höhnischen Blick des Sprechenden. Neben dem Kamin, an die feuchtschwarze Wand gelehnt, steht Christoph von Denow, gebrochen an Leib und Seele. Er schaute starr, gradaus vor sich hin, bei den Worten Jobsts aber fuhr er auf, sank jedoch in demselben Augenblick mit einer abwehrenden Bewegung der Hand in seine vorige Stellung zurück. Die Entgegnung übernahm Erdwin Wüstemann, der drohend seine gefesselten Fäuste nach dem schon zurückweichenden Jobst ausstreckte: „Den Schädel zerschmettere ich dir an der Wand, wenn du den Rachen nicht hältst, du Sohn einer Hündin — sage noch ein Wort —"

„Auf ihn! so ist's recht!" schrien einige der Gefangenen. „Halt, halt! trennt sie!" riefen andere.

„Seid ruhig, Erdwin," sagte der Junker, „laß ihn, Alter, — er hat recht, der Strick des Hangmanns droht uns allen."

„Euch nicht! Euch nicht!" rief der alte Wüstemann, die ihm entgegengestreckte Hand seines Schützlings fassend. „O Ihr — Ihr in diesen Banden — das Herz bricht mir darüber — o die Schurken, die Schurken!"

Ein Murren, welches bald in lautere Drohungen überging, folgte den Verwünschungen des Alten, der alle ihn Umgebenden mit allen Flüchen überhäufte, welche ihm auf die Zunge gerieten.

Wer weiß, was geschehen wäre, wenn man nicht plötzlich draußen vor der eisenbeschlagenen Tür des Gefängnisses Schritte und eine befehlende Stimme vernommen hätte. Hellebardenschäfte und Musketenkolben rasselten nieder auf den Steinboden. Eine allgemeine Stille trat ein unter den Gefangenen, die Schlösser der Tür kreischten und knarrten. Sie öffnete sich, ein Gefreiter mit der Partisane auf der

Schulter schritt herein mit zwei Büchsenschützen, deren Lunten glimmten. Ihnen folgte ein kleines schwarzes Männlein, welchem zur Seite, von Kopf bis zu Fuß geharnischt, der Leutnant der Festung, Hans Sivers, sich hielt. Durch die geöffnete Tür sah man den Gang angefüllt mit Bewaffneten von der Besatzung.

„Tut Eure Pflicht, Herr Notarius!" sagte der Leutnant, und das kleine schwarze Männlein — Herr Friedericus Ortlepius, *notarius publicus* und des peinlichen Gerichts zu Wolfenbüttel bestallter und beeidigter Gerichtsschreiber, räusperte sich, nahm das Barett vom Haupt und entfaltete ein Papier, welches er in der Rechten trug. Ein Söldner, der eine Lampe hielt, näherte sich. Der Leutnant hob den Arm gegen die Gefangenen, abermals räusperte sich Herr Ortlepius und las dann seine Schrift ab wie folgt:

„Daß der Hochwürdige, Durchlauchtige, Hochgeborne Fürst und Herr, Herr Heinrich Julius, postulierter Bischof des Stifts Halberstadt, Herzog zu Braunschweig und Lüneburg, unser allerseits gnädiger Fürst und Herr, unlängst nach Besage und Inhalt des Koblenzschen Abschieds, als verordneter Kriegsobrister dieses niedersächsischen Kreises, zur Beschützung des lieben Vaterlandes wider das tyrannische Einfallen des hispanischen Kriegsvolkes, unter andern ein Regiment deutscher Knechte von dreizehn Fähnlein hat werben lassen, solches ist *notorium* und männiglich bekannt. Sind dieselben auch nachher von Seiner Fürstlichen Gnaden selbst gemustert, bewehrt, und haben sie in derselben persönlichen Gegenwart in dem Ring, altem löblichem Kriegsgebrauch nach, auf den Artikulbrief geschworen.

Ob nun wohl I. F. G. sich gänzlich versehen und verhofft, nachdem I. F. G. es so treulich gemeinet, auch dem gemeinen Vaterland zum Besten es sich so sauer haben werden lassen, — es würde gemeldetes Regiment sich vermöge geschworenen Eides, Treu und Pflicht, wie Solches ehrlichen, redlichen Kriegsleuten eignet und gebühret, verhalten haben, so hat sich aber befunden, daß zehn Fähnlein von solchem Regiment, ohne einige rechtmäßige gegebene Ursach, wider ihre geschworene Treu und Pflicht, I. F. G. zu sonderlichen Schimpf, der ganzen deutschen Nation zum sonderlichen Spott und Hohn, dieser Kriegsexpedition zum Nachteil, dem Feind aber zum Frohlocken mit fliegenden Fähnlein aus dem Felde gezogen sind. Haben ihre verordnete Obrigkeit nicht bei sich leiden wollen, auch in solcher Meuterei so lange kontinuiret, bis daß I. F. G., zur Erhaltung Deroselben Autorität, ein' Ernst zu diesen Sachen haben tun müssen, und sie durch ihren damaligen Statthalter und Generallieutenant den Wohlgebornen und Edeln Grafen Philipp zu Hohenlohe, auf der Heide zwischen der Ucht und Barenburg, hinter dem Moor, genannt das hessische Darlaten, haben trennen und zum Gehorsam bringen lassen. Und obwohl I. F. G. damals nach Kriegsgebrauch und scharfen Rechten sie zu massakrieren und sämtlich zu Schelmen zu machen, und über sie als Schelmen die Fähnlein abreißen und schleifen zu lassen, befugt gewesen sein, so haben doch I. F. G. zu Deroselbst eigenen Glimpf den gelindesten Weg für die Hand nehmen wollen und haben sich resolviret, euch die bestrickten Knechte, welche eines Teils bei I. F. G. als die Prinzipalisten Meutemacher angegeben sind, andernteils von ihren eigenen Spießgesellen dafür geliefert worden sind, — vor ein öffentlich Malefizrecht stellen zu lassen.

So fordere ich also auf unsers allerseits gnädigen Fürsten und Herrn gnädigen Befehl euch: Christoph von Denow, Detlof Schrader von Rendsburg, Erich Südfeld von Hannover usw. usw. — so fordere ich euch auf morgen früh um sieben Uhr, das ist den fünften November dieses Jahres Eintausendfünfhundertneunundneunzig vor kaiserliches

Recht in den Ring, wo ihr gerichtet werden sollt, wie es am Jüngsten Tage vor Gott dem Allmächtigen, wenn Gottes Sohn kommen wird zu richten die Lebendigen und Toten, zu verantworten ist!" — —

Fünfundachtzig Namen rief der Notarius Friedrich Ortlepp auf, und jeder der Gefangenen antwortete durch ein: „Ist hier gegenwärtig." Als die Liste zu Ende gebracht war, hob der kleine schwarze Mann noch einmal, lächelnd, die bebrillte Nase und ließ seine Äuglein wohlwollend über die Gefangenen hingleiten; dann nickte er dem Geharnischten zu, dieser winkte dem Gefreiten, welcher seine Partisane anzog, sein Kommandowort rief. Die Musketiere schulterten ihre Büchsen, und die Beamten schritten heraus aus dem Gewölbe, dessen Tür sogleich hinter ihnen wieder zufiel.

Noch einen Augenblick tiefster Stille, dann ein dumpfes Gemurmel, dann wildester Losbruch aller mächtig zusammengepreßten Gefühle und Leidenschaften der gefesselten Meuterer! Ein wildes Durcheinander, — Ausrufe des Zorns, des Hohns, der Besorgnis, der Angst, — Kettengerassel!

„O Junker, Junker!" rief verzweiflungsvoll der Knecht Erdwin, das Haupt seines jungen Herrn an seine breite Brust ziehend. „O Junker, Junker, wenn das Euer Vater erlebt hätte!"

„Ja, meine Mutter, meine Mutter! 's ist gut, daß sie tot ist!" seufzte Christoph von Denow, die Hand über die Augen legend. — — — — —

In den überfüllten Schenken der Stadt erschallte der tobende Gesang der zum Kriegsgericht eingeforderten Söldner und Hauptleute; viel Zank und Streit blieb nicht aus in den Gassen. Die Bürger zeigten sich nicht allzuhäufig außerhalb ihrer Haustüren, und wenn es ja einen Nachbar oder

Gevatter allzusehr drängte, die Ereignisse des Tages mit einem Gevatter oder Nachbar zu besprechen und abzuhandeln, so schlich er so vorsichtig als möglich im Schatten der Hauswände dahin. Der Nebel ward dichter und dichter, je mehr die Dämmerung Besitz ergriff von Stadt und Land. Der Herzog auf dem Schloß ließ mehr Holz in den Kamin seines Gemaches werfen, und der Geringste seiner Untertanen ahmte ihm darin so gut als möglich nach. Immer unfreundlicher ward die Nacht.

Auf dem Prellsteine unter dem Torgewölbe des Mühlenturmes kauerte eine weibliche, verhüllte Gestalt. Einen grauen Mantel von schwerem, grobem Tuch hatte sie dicht um sich geschlagen, das spitze Hütlein, durch welches ein klein rundes Loch ging, gleich der Spur einer Büchsenkugel — tief in die Stirn gedrückt; ein Bündel lag neben ihr. Das war Anneke Mey aus Stadtoldendorf!

Ihr Haupt stützte sie auf beide Hände und starrte regungslos auf die schwarzen Massen des fürstlichen Schlosses, welches jenseits des Ockergrabens hoch emporragte in den dunkeln Nachthimmel, und in welchem hie und da ein erleuchtetes Fenster schimmerte. — So hatte Anneke den ganzen lieben langen Tag über gesessen, so saß sie noch, als es schon vollständig Nacht geworden war, und die Ronde sich näherte, das Tor zu schließen.

„Sitzt die Dirn da noch!" rief der Weibel. „Heda, Schätzchen, fort mit dir, daß dir das Fallgatter nicht auf den Kopf fällt. Marsch, Liebchen! weiß nicht, was du hier suchen könntest?" Anneke rührte sich nicht von ihrem Platze.

„Na, wird's bald? Nimm Vernunft an, Kind, 's gibt wärmere Nester." Damit faßte er den Arm der Kauernden, um sie in die Höhe zu ziehen.

„O lasset mich hier! lasset mich hier!"

„Hoho, geht nicht, geht nicht. Aber nun lasset doch auch

einmal Euch ins Gesicht schauen. Hebt die Laterne hoch! Mädel, Kopf in die Höhe!"

Der Schein der Laterne fiel in das bleiche gramvolle Gesicht des Mädchens. —

„Alle Teufel, das ist ja die Anneke, die Anneke Mey von Rees her!" rief einer der Büchsenschützen sich vordrängend. „Weibel, mit der mußt du säuberlich umgehen. Fürcht dich nit, Anneke — wo kommst du her?"

„Aus dem Moor, aus dem hessischen Darlaten, Arendt Jungbluth!" sagte Anneke tonlos.

„Wo sie die Meutmacher niedergelegt haben? Ei, ei, Anneke, und du bist mit ihnen gezogen?"

„Sie sind im Wald über uns gekommen, weil sie der Graf von Hollach abgedrängt hatt' von der Weser, und sie haben den Junker aufs Pferd gezwungen, und er hat nichts anders gekonnt, er hat sie müssen führen; nun aber haben sie doch geraubt und gebrannt und sind gezogen, wo sie wollten, und wir haben müssen mit ihnen durch die Wiehenberge, ins Land Hoya. Da ist es zum Ende gekommen — da hat uns der Graf gestellt, und Hans Niekirche ist tot, ist auch nicht heimgekommen zu seiner Mutter — Gnade Gott uns allen!"

Lautlos umstanden die Söldner das junge Mädchen; endlich sagte der Weibel: „So ist es geschehen, dagegen kann keiner sagen — arm Mädel, was sitzest nur hier auf dem kalten Stein?" Stumm deutete Anneke nach dem Gefängnis im Turm über ihr; dann sagte sie: „Sie führten uns zuerst auf das feste Haus Stolzenau; nun sind wir hier zum Gericht!"

„Und der Junker, von welchem du gesprochen hast, ist da oben bei den andern?" fragte der Weibel.

Anneke nickte.

„Das ist der Knab Christoph von Denow, von den Reitern?" fragte wieder der Gefreite Arendt Jungbluth, welcher zuerst Anneke erkannt hatte. „Ist das dein Schatz?"

Ein leises Zittern überlief den Körper des Mädchens, sie antwortete nicht und schüttelte das Haupt und senkte das Gesicht in die Hände und legte den Kopf auf die Knie.

„Arm Kind! arm Mädel!" murmelten die Krieger. „Aber sie kann hier nicht bleiben," brummte der Weibel. „Wir müssen fort, der Böse fährt uns sonst auf den Buckel!"

„Lasset mich einmal mit ihr sprechen," sagte Arendt Jungbluth. Er beugte sich nieder zu der Armen und flüsterte ihr zu; plötzlich stieß sie einen Schrei aus, einen Freudenschrei und stand auf den Füßen: „Wirklich, wirklich? Ihr könnt? Ihr wollt? O, Gott segne Euch tausendmal!"

„Herauf die Brücke! Herunter das Gatter! Ist's geschehen? — Fort nach der Schloßwach! — Jürgen, marsch, voran mit der Laterne!" kommandierte der Weibel. „Anneke, Ihr gehört zu uns, niemand tut Euch was zu Leid. Marsch, marsch!"

Die Hellebarden lagen wieder auf der Schulter: inmitten der Wachtmannschaft ging Anneke Mey, und Jürgen trug außer der Laterne auch noch das Bündlein des Soldatenkindes.

V.

ins schlug die Uhr des Schloßturmes, und die Krähen fuhren auf aus ihren Nestern und umflatterten krächzend die Spitze und die Wetterfahne, bis der Klang ausgezittert hatte.

„So geh zu ihm!" flüsterte Arendt Jungbluth. „Um drei Uhr ist meine Wacht zu Ende, dann klopf' ich und du kommst heraus. Nun gehab dich wohl; des Wärtels Margaret lauert drunten am Gang."

„Dank Euch, dank Euch!" flüsterte Anneke Mey. Die Gefängnistür im Mühlenturm öffnete sich kaum weit genug, um das schmächtige junge Mädchen einzulassen, und schloß sich sogleich wieder.

Die qualmende Hängelampe war wie ein roter Punkt in dem dunsterfüllten Raume anzuschauen; die meisten der Gefangenen schnarchten auf dem Stroh die Wände entlang, viele hatten aber auch die Köpfe auf den Tisch gelegt und schliefen so. — Dann und wann erklirrte leise eine Fessel, oder ein Stöhnen und Geseufz ging durch die Wölbung. Niemand hatte den Eintritt des Mädchens bemerkt.

Einige Minuten stand Anneke dicht an die Mauer gedrückt. Sie vermochte kaum Atem zu holen. Wie sollte sie in dieser Hölle den finden, welchen sie suchte?

Plötzlich ward es hell in ihr: anfangs leise, dann lauter begann sie das alte Lied vom Falkensteiner zu singen:

„Sie ging den Turm wohl um und um:

47

Feinslieb bist du darinnen?
Und wenn ich dich nicht sehen kann,
So komm' ich von meinen Sinnen.

Sie ging den Turm wohl um und um,
Den Turm wollt' sie aufschließen:
Und wenn die Nacht ein Jahr läng wär',
Keine Stunde tät' mich verdrießen!"

Von ihrem Lager richteten sich die Schläfer auf, stärker klirrten die Ketten an ihren Armen und Beinen.

„Ei, dürft' ich scharfe Messer tragen,
Wie unsers Herrn sein' Knechte,
Ich tät' mit dem Herrn vom Falkenstein,
Um meinen Herzliebsten fechten!"

„Was ist das? Wer ist das? Wer singet hier?" tönte es wild durcheinander. „Anneke, Anneke, Anneke Mey," rief die Stimme Christoph von Denows dazwischen, und Erdwin Wüstemann hielt das junge Mädchen in den Armen: „Hier, hier halt' ich sie, hier ist sie, wie ein Engel vom Himmel mit ihrer Lerchenstimme! O Kind, Kind, was willst hier in dieser Wüstenei? Junker, Junker, wo seid Ihr?"

„O Anneke! Anneke!" rief Christoph von Denow.

„Vivat Anneke, Anneke Mey!" riefen alle andern Gefangenen. „Das ist ein wackeres Mädel! Vivat des Regiments Schenkin!"

Es fiel keine schnöde, böse Rede: im Gegenteil, es war, als ob durch das Erscheinen des Kindes jedes trotzige wilde Herz milder geworden wäre. Man hätte sie gern auf den Händen getragen, da sie das aber nicht leiden wollte, suchte man ihr den bequemsten Platz aus und breitete Mäntel unter ihre Füße, um sie vor der feuchten Kälte der Steinplatten zu schützen. Eine Bank wurde zerschlagen, um das erlöschende Feuer im Kamin damit zu nähren.

„So hast du uns nicht verlassen, Anneke!" rief Christoph und hielt ihre beiden Hände in den seinigen, und der Knecht Erdwin wischte verstohlen eine Träne aus den grauen Wimpern. „O, wie können wir dir je das wiedervergelten?"

„Wie könnt ich Euch verlassen? Und wenn sie Euch zum Tode führen, ich geh' mit Euch!"

Sie saßen beieinander, Christoph und Anneke, neben dem Kamin, und die Dirne schluchzte und lächelte durch ihre Tränen. Sie vergaßen alles um sich her, und der alte Wüstemann stand dabei, seufzte tief und schwer und schüttelte das greise Haupt:

„Jammer, o Jammer!"

Um drei Uhr krähte zum ersten Mal der Hahn, um drei Uhr klopfte Arendt Jungbluth an die Tür.

„Nun muß ich scheiden!" sagte Anneke. „Gott schütze uns; wenn das Gericht angeht, steh' ich auf Eurem Wege, Herr."

„Anneke, Gott lohn's dir, was du an uns tust!"

„Fahre wohl! Fahre wohl, Anneke!" riefen die gefangenen Meuterer. „Gott segne dich, Anneke!"

Christoph von Denow schlug die Hände vors Gesicht; — die Tür war hinter dem jungen Mädchen zugefallen. Im Osten zeigte ein weißer Streif am Nachthimmel, daß der Morgen nicht mehr fern sei, und der Wind machte sich auf, fuhr von den Harzbergen nach dem deutschen Meer und verkündete dasselbe.

Sechs schlug die Uhr des Schloßturmes; wieder schossen die Krähen aus ihren Nestern und umflatterten die Spitze, krochen aber diesmal nicht wieder zurück in ihre

Schlupfwinkel, sondern ließen sich, eine bei der andern, nieder auf dem Rande der Galerie, welche nahe dem Dach, den Turm umzieht. Neugierig reckten sie die Hälse und blickten herab in den dichten weißen Nebel unter ihnen, aus welchem kaum die höchsten Giebel der Stadt und Festung hervorlugten. Trommelschall erdröhnte auf dem Schloßhofe und hallte wider von den Wällen, während eine kriegerische Musik aus der Ferne dem Weckauf der Besatzung antwortete. Auf der Festung trat die Soldateska unter die Waffen, und in der Heinrichsstadt verkündete das klingende Spiel, daß die Bürgerschaft in Wehr und Harnisch aufzog.

Von Zeit zu Zeit löste sich einer der schwarzen Vögel aus der Reihe der Genossen los und flatterte mit kurzen Flügelschlägen hinein in den Nebel, als wolle er Kundschaft holen über das Fest, welches ihm drunten bereitet wurde. Kehrte er zurück, so wußte er mancherlei zu erzählen, und freudekreischend erhoben sich die andern und wirbelten durcheinander und überschlugen sich in der grauen Luft, um endlich wieder zurückzufallen auf ihre Plätze in Reih und Glied.

Gegen sieben Uhr verflüchtigte sich der Schleier, welcher über der Stadt lag, um sieben Uhr trat alles ins Licht! Vor dem fürstlichen Marstalle waren die Schranken aufgestellt. Ein mit rotem Tuch bekleideter Tisch und ebenso überzogene Bänke für den Gerichtsschulzen und die Beisitzer standen in der Mitte. Das Volk umwogte dicht gedrängt den Platz. Jetzt zog „mit dem Gespiel" die fürstliche Leibgarde aus dem Schloßtor, den Graben entlang, und besetzte zwei Seiten der Schranken. Nach ihr rückte in drei Fähnlein die Bürgerschaft von der Dammfestung, der Heinrichstadt und dem Gotteslager heran und schloß die beiden andern Seiten ein. Der Ring war gebildet; die Fahnen wurden zusammengewickelt und unter sich gekehrt, die Obergewehre mit den Spitzen in die Erde gestoßen, nach

Kriegsgebrauch bei kaiserlichem Malefizrecht.

Abermals entstand eine Bewegung unter der Volksmenge; wieder schritt ein Zug durch die gebildete Gasse feierlich und langsam vom Schloß her. Das war der Gerichtsschulze Melchior Reicharts mit seinen einundzwanzig Richtern, Hauptleuten, Gefreiten und Gemeinen, und dem Gerichtsschreiber Fridericus Ortlepius die allesamt paarweise in den Ring eintraten.

Zuerst ließ sich der *notarius publicus* nieder, zur linken Hand an dem roten Tisch. Er ordnete seine Papiere, guckte in sein Tintenfaß, rückte das Sandfaß zurecht, und der trübe Himmel und die Krähen auf dem Schloßturm schauten ihm dabei zu. Er prüfte die Spitze seiner Feder auf dem Daumennagel, das Murmeln und Murren der tausendköpfigen Menge machte einer Totenstille Platz; von dem Mühlenturm her erklang ein taktmäßiges Rasseln und Klirren und verkündete das Nahen der Gefangenen. — — — —

„O mein Gott, hilf ihm und mir!" stöhnte Anneke Mey von Stadtoldendorf, als an dem Mühlenturm die Pforte sich öffnete und die davor aufgestellte Reiterwache, die Pferde rückwärtsdrängend, das Volk auseinander trieb.

„Da sind sie! die Meutmacher! die Schufte! Da sind die falschen Schurken!" ging der unterdrückte Schrei durch das zornige Volk. Aus der Gefängnispforte hervor glitt ein verwildertes, trotziges oder verzagtes Gesicht nach dem andern an der zitternden Anneke vorüber.

Und jetzt —

„Christoph!" durchdrang grell und schneidend ein Schrei die schwere graue Luft, daß der Herzog Heinrich Julius, welcher an einem Fenster seines Schlosses stand und auf das Getümmel unter sich finster herabblickte, unwillkürlich den Kopf nach der Richtung hin neigte.

Da schritt er einher, der Junker von Denow, bleich, wankend, gestützt auf den Arm des getreuen Knechtes Erdwin.

„O Christoph! Christoph von Denow!"

Der junge Reiter erhob das Auge; es haftete auf dem jungen Mädchen, welches hinter der Reihe der begleitenden Hellebardierer die Hände ihm entgegenstreckte; — ein trübes Lächeln glitt über das Gesicht Christophs, dann schüttelte er das Haupt; er wollte anhalten.

„Hast doch recht gehabt, Anneke!" lachte höhnisch Valentin Weisser, der Rosenecker. „Waren unsrer doch zu wenig. Puh — 's ist am End einerlei — Kugel oder Strick. Vorwärts, Junker Stoffel; ich tret' dir sonst die Hacken ab!"

„Vorwärts! vorwärts!" rief der Führer der Geleitsmannschaft — vorüber schritt Christoph von Denow. —

Im Ring aber schwuren die Richter mit aufgerichtetem Finger und lauter Stimme:

„Ich lobe und schwöre, daß ich diesen Tag und alles dasjenige, was vor diesem Malefizrecht vorkommen wird, urteilen und richten will, es sei gleich über Leib und Blut, Geld oder Geldeswert, als ich will, daß mich Gott am Jüngsten Tage richten soll — den Armen als den Reichen. Will hierinnen weder Freundschaft noch Feindschaft, Gunst noch Ungunst, weder Haß, Geschenke, Gaben, Geld ober Geldeswert ansehen, oder mich verhindern lassen! So wahr mir Gott helfe und sein heiliges Wort!"

Alle Beisitzer saßen darauf nieder an ihren Plätzen, und nur der Gerichtsschulze blieb stehen und tat eine Umfrage. Darauf verkannte er das Recht: erstens im Namen der heiligen unzerteilbaren Dreifaltigkeit, dann im Namen des Fürsten, dem Richter und Angeklagte als Kriegsleute geschworen hatten, zuletzt kraft seines eignen angeordneten

Amts und Stabes, daß „keiner innerhalb oder außerhalb dem Rechten wolle einreden. Solle auch niemand einem Richter heimlich zusprechen. Dem Profoß solle eine freie Gasse gelassen werden, damit er guten Raum habe, damit er desto baß mit den Gefangenen vom Rechten ab- und zugehen möge, bei Pön eines rheinischen Gülden in Gold".

„Derhalben," fuhr er fort, „wer nun vor diesem Kaiserlichen Recht zu schicken oder zu schaffen hat, es sei gleich Kläger oder Antworter oder sonsten einer, der dem löblichen Regiment etwas anzuzeigen hat: die stehen in den Ring und klagen, wie man pflegt zu klagen und Antwort zu geben, auf Red und Widerred, wie in Kaiserlichen Rechten der Gebrauch ist. — Gerichtswebel, habt Ihr gestern den Profoß, wie auch die Angeklagten fürgeboten, zitieret und geladen?"

Und der Gerichtswebel stand auf und antwortete: „Herr Schultheiß, ich habe sie gestern früh mit drei Trommeln an den vier Orten der Welt zitieret!"

Und des Regiments Profoß, Karsten Fricke, trat in den Ring, und der Gerichtswebel führt die Angeklagten hinein, jedes Fähnlein für sich zusammengeschlossen. —

VI.

iege still, Kind," sagte am zwanzigsten November bei Tagesanbruch auf der Hauptwache im Schloß zu Wolfenbüttel der Gefreite Arendt Jungbluth. „Liege ruhig und schlaf weiter: der Morgen ist dunkel und dräuet Schnee. Es geht noch nicht an."

Anneke Mey hatte sich auf der harten Holzbank, erschreckt aus tiefem Traum auffahrend, in die Höhe gerichtet, bei dem Ruf der Wacht draußen, die zur Ablösung herausrief.

„Schlafe wieder ein, Anneke, ich wecke dich, wenn es Zeit ist," sagte Arendt, die Sturmhaube auf den Kopf stülpend.

„Der letzte Tag!" murmelte das Soldatenkind, und das müde Haupt sank wieder zurück auf das harte Lager, die Augen schlossen sich wieder.

„Hui, der Wind — Teufel!" brummte Arendt, als die Söldner wieder zurücktraten in die Wachtstube. „Schläft sie wieder? — Richtig! ach, ich wollt', sie verschlief' es ganz. Ruhig, Kerle — haltet eure Mäuler! Donner — ist es nicht grad, als ob der Sturm den alten Kasten einem über dem Kopf zusammenreißen wollte? Das wird das rechte Wetter sein für die da draußen im Ring, das bläst ihnen die Urteile vom Munde weg. Wie sie da liegt! ist das nicht ein Jammer? Ich wollt', sie verschlief' die böse Stund."

Wild jagte der Wind die schweren Schneewolken vor sich her und heulte und pfiff in den Gängen des Schlosses wie der böse Feind, klapperte mit den Ziegeln, rüttelte an den

Fenstern und trieb die Wetterfahnen mit den Löwen auf den Turmspitzen im Kreise umher, heftiger und heftiger, wie der Tag zunahm.

Anneke Mey lag noch immer, nicht im Schlaf, sondern in stumpfsinniger Erschöpfung. Was kein Kriegszug vollbracht hatte, das hatten die letzten vierzehn Tage getan; sie hatten das Kind gebrochen, es matt und müd gemacht bis zum Tode. Vergeblich sahen sich diesmal auf ihrem Wege zum Gericht Christoph von Denow und Erdwin Wüstemann nach dem abgehärmten Gesicht ihres Schutzengels um.

„Gottlob, gottlob, sie verschläft's!" murmelte Arendt Jungbluth, sich über das Lager der Armen beugend.

Im Ring, unter dem düstern, schwarzen Himmel mit den jagenden Wolken las Friedrich Ortlepp, der Gerichtsschreiber, ein Todesurteil nach dem andern; einen Stab nach dem andern brach der Schultheiß und warf ihn auf den Richtplatz.

„Gnade Gott der Seelen in Ewigkeit. Amen!" sprach er bei jeder weißen Rute, welche zerknickt auf den Boden fiel.

Und jetzt — jetzt der letzte Spruch!

„Auf eingebrachte Klage des Profoßen, Gegenrede des Beklagten, produzierte Kundschaft und Zeugnis, ist durch einhellige Umfrage zu Recht erkannt, daß — C h r i s t o p h v o n D e n o w nicht gebührt hat, sich für einen Vorsprecher bei der vorgesetzten Obrigkeit, noch für einen Hauptmann aufzuwerfen, noch die Befehle zu vergeben und auszuteilen, noch die Wacht zu bestellen. Warum er dem Profoß überantwortet werden soll, welcher ihn in sein Gewahrsam führen und ihn dem Nachrichter einantworten und befehlen soll, daß er ihn hinausführe und an den nächsten Galgen hänge und mit dem Strange zwischen Himmel und Erde erwürge, damit der Wind unter ihm und über ihn durchwehen könne, ihm zu verwirkter Strafe und andern zum abscheulichen Exempel!"

Wieder fiel der gebrochene Stab zu den anderen auf die Erde.

„Gnade Gott der Seelen in Ewigkeit, Amen!"

Auf die Knie stürzten dreiundachtzig der Verurteilten: „Gnade, Gnade! Gnade ist besser denn Recht!"

Hochauf richteten sich Christoph von Denow und Erdwin Wüstemann, und der Junker hob die gefesselte Rechte zum Himmel, während der Wind seine Locken zerwühlte und die Schneewolken sich öffneten und das weiße Gestöber wirbelnd herabfuhr:

„Keine Gnade! Recht! Recht! Recht ist besser denn Gnade!"

In den Ring sprang der Profoß mit der Wache und stürzte sich auf die Gefangenen — wild und anhaltend brach das Geschrei des Volkes los, die Kommandoworte erschallten dazwischen, die Trommeln wirbelten, die Trompeten schmetterten, aus der Erde wurden die Waffen gerissen und hoch in die Luft geschwungen, die Fähnlein entfalteten sich im Winde. Die Krähen aber schossen in einem schwarzen Haufen herab von dem Schloßturm und umflatterten krächzend die Stätte des Gerichts. Gleich dem bewegten Meer wogte und donnerte das Volk, und durch die Menschenflut kämpfte sich mit zerrissenen Kleidern, losgegangenen Haarflechten Anneke Mey.

„Christoph! Christoph! O du heiliger Gott im Himmel! verloren! verloren!"

Dem Herzog am geöffneten Fenster seines Gemachs riß der Sturm den Griff des Flügels aus der Hand, daß er klirrend zuschlug. Über den Schloßhof schritt der Gerichtsschultheiß Melchior Reicharts mit den Hauptleuten Georg Frost, Peter Köhler, Heinrich Jordans und Moritz Ahlemann nach getaner Pflicht den jungen Fürsten, Zahlherrn und Kreis-Obersten für die Verurteilten zu bitten. Fridericus Ortlepius trug „fürsichtiglich und sorgsamlich" die Akten und Protokolle. Tief in die Nacht hinein saß der Herzog mit den sechs Männern über diesen Papieren. Vierundzwanzig Todesurteile bestätigte er, und unter diesen befand sich das Christoph von Denows. Zweiunddreißig der Verurteilten begnadigte er dahin, „daß sie zur Straf sich verpflichten sollen, im Land zu Ungarn auf dem Grenzhause Groß-Wardein wider den Erbfeind der Christenheit zu Wasser und zu Lande, in Sturm und Schlachten jederzeit, wie ehrlichen Kriegsleuten solches gebührt, sich gebrauchen zu lassen". — Siebenundzwanzig Männern wurde auf einen gewöhnlichen „Urfried" das Leben und die Ehre geschenket und sie ihrem Fähnlein wieder einverleibt. — Zweien wurde das Leben und die Ehre ohne Bedingung geschenkt. Der erste war Erdwin Wüstemann, der andere ein Söldner, genannt Klaus Rischemann von Calvörde. Alle diese Schlüsse wurden den Gefangenen noch in derselben Nacht bekannt gemacht.

VII.

er Schnee lag hoch in den Straßen und auf den Plätzen der Stadt und Festung Wolfenbüttel. Der Sturm hatte sich mit Anbruch des Tages ganz gelegt, es war wieder still und ruhig geworden, und leise träufelte es von den Dächern, denn die Luft war warm und mit Feuchtigkeit gefüllt; mit dumpfem Geräusch bewegte sich das Volk in den Gassen.

Die Fenster der Schloßkirche glänzten rötlich in die trübe Morgendämmerung herein, und feierlich erklang die Orgel und der Gesang vieler Menschenstimmen:

> Allein zu dir, Herr Jesu Christ,
> Mein Hoffnung steht auf Erden. —

Im Schein der Lichter und Lampen erglänzte Harnisch an Harnisch in dem heiligen Gebäude: den Verurteilten sollte ihre letzte Predigt gehalten und das Abendmahl ihnen gereicht werden. Der junge Herzog saß in seinem Stuhl, das Gebetbuch vor sich; alle Offiziere der Besatzung waren in Wehr und Waffen zugegen, und die Wände entlang und im Schiff der Kirche drängte sich ein bärtiges ernstes Kriegergesicht an das andere. Die Vierundzwanzig, die sterben sollten, saßen auf einer niedern Bank unter der Kanzel, auf welcher der Magister Basilius im schwarzen Chorrock mit der Halskrause stand, bereit, seine Rede über die beiden Schächer am Kreuz zu beginnen. In einem dunkeln Winkel unter der Orgel stand Erdwin Wüstemann und hielt die schluchzende Anneke im Arm; um sie her knieten oder standen die vom Tode losgesprochenen Meuterer, denen man die Fesseln abgenommen hatte.

Und jetzt schwieg die Orgel und der Gesang. Das Wort des Evangelisten Lukas wurde gelesen:

„Aber der Übeltäter einer, die da gehängt waren, lästerte ihn und sprach: Bist du Christus, so hilf dir selber und uns! — Da antwortete der andere, strafte ihn und sprach: Und du fürchtest dich auch nicht vor Gott, der du in gleicher Verdammnis bist? Wir sind billig darinnen, denn wir empfangen, was unsere Taten wert sind; dieser aber hat nichts Ungeschicktes gehandelt! — Und er sprach zu Jesu: Herr, gedenke an mich, wenn du in dein Reich kommst! — und Jesus sprach zu ihm: Wahrlich, ich sage dir, heut wirst du mit mir im Paradiese sein!" —

Überlaut riefen bei diesen letzten Worten des Textes einige der Verurteilten: „Das helfe uns der allmächtige Gott!" und hoben die kettenklirrenden Hände gefaltet hoch empor. Das Auge Christoph von Denows aber leuchtete plötzlich in einem Glanz, welcher darin bereits für immer erloschen schien. Hatte er eine Vision? Rief ihm eine süße bekannte Stimme von oben? Erschien ihm winkend die tote Mutter?

Christoph von Denow war zum Sterben bereit. —

„Gott, Gott, laß so nicht das Haus Denow zu End kommen!" stöhnte in seinem Winkel Erdwin, der Knecht. „Herr, schenke du ihm einen adeligen Tod! Laß diesen Kelch an mir vorüber gehen!"

„Er soll mir den Kopf zertreten und über meinen leblosen Leib weggehen, wenn er mich nicht hören will!" sagte Anneke Mey tonlos.

Und Dominus Basilius Sadler begann seine Buß- und Trostpredigt und teilte sie in die zwei Punkte:

Erstlich, wie sich der „heilige" Schächer am Kreuz in einer

letzten Not gehalten.

Zum andern, wie herrlich ihn Christus getröstet habe.

Der Himmel im Osten aber färbte sich immer purpurner, und die Lichter und Lampen der Kapelle erblaßten mehr und mehr vor dem Glanz, welchen Gott über die winterliche Welt leuchten ließ. Die Gefangenen neigten die Häupter tiefer und tiefer.

„— Euer Weib und Kinder befehlet ihr, die ihr welche habt, Gott dem Allmächtigen, der ist der Waisen Vater und der Witwen Richter. Ist schon dieser Tod vor der Welt schmählich, so gedenket, wenn ihr euch bekehret, daß ihr Gottes Kinder seid, dann wird solch Leiden ehrlich und herrlich. Denn der Tod seiner Heiligen ist wert gehalten vor dem Herrn." —

„Einen ehrlichen Tod! o Gott, schenke ihm einen adeligen Tod!" murmelte Erdwin, der Knecht.

„So gebe Gott der Allmächtige euch allen die Gnade seines heiligen Geistes, daß ihr euer' Sünd von Herzen erkennt und euch leid sein lasset, euch im wahren Glauben zu Christo wendet und darin bis ans Ende verharret, euer' Seel in Geduld fasset, allen Menschen von Herzen vergebet und verzeihet, heut, diesen Tag, Gott eure Seele opfert und überantwortet und am großen Tag des Herrn mit Freuden auferstehet und mit Leib und Seele ewig lebet! Amen, Amen, Amen!"

Der Sand war verlaufen in der Uhr auf der Kanzel. Der Herzog verließ mit seinen Hofbeamten seinen Stuhl, Anneke Mey verschwand von der Seite Erdwins, ohne daß dieser es bemerkte; — unter den Klängen des alten traurigen Chorales: Wenn mein Stündlein vorhanden ist — wurde den Verurteilten das Abendmahl gereicht.

Nun war auch das geschehen; in die letzten Klänge der

Orgel mischte sich grell und schneidend ein anderer Klang — der Schall des Armensünderglöckchens: Der Henker wartete an der Tür des Hauses Gottes!

Im langsamen Zug traten die Verurteilten und Gefangenen, von ihren Wächtern umgeben, hinaus aus der Schloßkirche, vor welcher sie die harrende Menge mit wildem Geschrei und Droh- und Schmähworten empfing. Der schwere Gang begann, in das goldne Morgenrot hinein, über den Schloßplatz, die Dammbrücke, durch die Heinrichsstadt dem Kaisertor zu. Alle Gassen, durch welche der Zug ging, waren mit herzoglichen Reitern und den gewaffneten Bürgern besetzt, um den Andrang des Volks zu bändigen.

Vor dem Kaisertor waren die vier Galgen gebaut, woran die vierundzwanzig Leben enden sollten. Fast eine halbe Stund verging, ehe die Verurteilten unter ihnen standen. Der Ring war geschlossen auf zwei Seiten von den Hellebardierern, auf den beiden andern Seiten von den Musketenschützen, deren Röhre auf den Gabeln lagen, deren glimmende Lunten zum augenblicklichen Gebrauch aufgeschroben waren. Dicht vor dem Gefreiten Arendt Jungbluth hielten sich Erdwin Wüstemann und der Junker Christoph von Denow.

Der Alte hatte den Arm um seinen jungen Herrn geschlungen, und dieser das Haupt an die Brust des treuen Knechts gelegt. Sie sprachen leise zueinander.

„Weiß nicht, wo sie geblieben ist! weiß nicht, wo sie bleibt!" sagte der Alte.

„Sie hat mich nicht sterben sehen wollen; — 's ist auch besser so! O schütze sie — halte sie, trag sie auf den Händen und im Herzen und verlaß sie nie und nimmer — ich will meiner Mutter von ihr sagen, wenn ich zu ihr komm'."

„O Junker, Junker, und Euer Vater" —

„Vergiß nicht, was du ihm versprochen hast."

„Es wird geschehen, so wahr mir Gott helfe!" sagte dumpf der Alte.

„Schau, es geht an — da hast du den Ring — mein Schwert liegt versenkt im Moor, es ist ein gutes, tadelloses Schwert geblieben! — Ihr sag — o Anneke! Anneke!" Der Junker brach ab; er vermochte es nicht, weiter zu sprechen.

Unterdessen war eine Totenstille in der Menschenmenge eingetreten, die aber jedesmal, wenn die Henker einen der Meuterer des Reichsheeres von der Leiter stießen, in ein gräßliches, langanhaltendes Geheul, durch welches scharf das Wirbeln der Trommel klang, überging. — — Dreiundzwanzig Mal hatte das Volk aufgeschrien. —

„Christoph von Denow!" rief nun der Profoß mit lauter Stimme.

Zum letztenmal lagen sich Christoph und Erdwin in den Armen.

„Lebe wohl! lebe wohl!" flüsterte der erste — „vergiß nicht!" —

„So gnade Gott mir und Euch!" schrie der Knecht Wüstemann und strich die langen greisen Haare aus der Stirn zurück. Der Junker von Denow stand am Fuße der Leiter!

Er drückte die Hand auf das Herz und setzte den Fuß auf die erste Staffel: „O Anneke, süße Anneke!"

Der Gedanke kam ihm, er würde sie erblicken in der Menge, welche wieder in unheimlichster Stille den Richtplatz bedeckte; mit einem Sprung war er oben an der Seite des Henkers, der ihn mit dem Strick in der Hand erwartete. Er stieß die Hand desselben zurück — seine Augen schweiften über all die Tausende emporgerichteter Gesichter. —

„O Anneke Mey, liebe Anneke, wo bist du? wo bist du?

weshalb hast du mich verlassen?!"

Wieder streckte der Henker die Hand nach ihm aus; er hielt ein Blech, auf welchem die Worte standen „Meutmacher und Meineidiger" und wollte es dem Verurteilten an einem Bande um den Hals werfen.

„Lebe wohl, süße Anneke Mey!" flüsterte Christoph von Denow; er schlug die Hand des Henkers abermals zur Seite, klirrend fiel das Blech, die Leiter nieder, zur Erde. —

Mit einem wilden, entsetzlichen Schrei sprang Erdwin Wüstemann einen Schritt zurück, mit einem Griff riß er das Feuerrohr aus den Händen Arendt Jungbluths und an seine Wange. Der Schuß krachte — „Gnade Gott mir und dir!"

„Dank, Erdwin — hast — Wort gehalten!" sprach Christoph von Denow. Er schwankte — breitete die Arme aus: „Lebe — wohl — süße — Anneke!" Der entsetzte Henker wollte ihn halten, aber im dumpfen Fall stürzte der Körper die Leiter herab in den blutigen Schnee.

Aufbrüllte die Menge und tobte durcheinander, der Ring löste sich — die Offiziere, die Beamten, der Gewaltiger stürzten sich auf den Knecht Erdwin, welcher regungslos dastand, das abgeschossene Rohr in der Hand.

Und jetzt ein neues Geschrei von der Stadt her: „Haltet, haltet!"

Ein Reiter mit einem Papier in der Hand, im Galopp ansprengend! Ihm nach ein zweiter Reiter, vor sich auf dem Pferd ein halbohnmächtiges, todtbleiches Mädchen. —

„Halt, halt! Befehl, den Verurteilten Christoph von Denow zurückzuführen ins Gewahrsam!"

Anneke Mey leblos auf dem leblosen Körper des Erschossenen — Erdwin Wüstemann besinnungslos in den Armen Arendt Jungbluths — — — Trompetenschall von der

Torwache; von der Stadt her eine neue Reiterschar: „Der Herzog! der Herzog! — Zu spät! zu spät!" — — — — — —

In dem wiedergebildeten Ring hielt der junge Fürst mit seinem Gefolge; vor ihm stand barhäuptig der Profoß neben der schrecklichen Gruppe am Boden und erzählte das Vorgefallene. Als er geendet, stieg der junge Fürst ab von seinem Hengst und näherte sich dem treuen Knecht des Hauses Denow:

„Weshalb hast du das getan?"

Der Angeredete blickte irr und wirr im Kreise umher, antwortete nicht, sondern brach nur in ein herzzerreißendes Gelächter aus.

Der Herzog legte die Hand an die Stirn; — dann wandte er sich:

„Hebt doch das Kind von der Leiche!"

Der Leutnant von der Festung, Johannes Sivers, beugte sich nieder, um dem Befehl nachzukommen. Es gelang ihm mit Mühe:

„O gnädiger Gott, tot, tot, fürstliche Gnaden!"

Ein dumpfes Gemurmel ging durch die lauschende Menge; der Fürst schritt finster sinnend einige Minuten auf und ab. Dann hob er das Haupt:

„Bei meinen Vätern, ich glaub', da ist ein bös Ding getan! leget die Dirne und den toten Knaben auf die Gewehrläufe — es ist Unsere Meinung und Wille, daß das Gericht wieder beginne. Wir sind entschlossen, selbsten im Ring zu sitzen!"

Während dieser letzten Worte hatte sich Erdwin Wüstemann langsam aufgerichtet; jetzt stand er wieder fest auf den Füßen. Der Herzog bemerkte es, er legte ihm die Hand auf die Schulter:

„Ihr habet hart und schnell in unser Gericht eingegriffen.

Stehet zu mir nun auch im Ring, daß die Wahrheit an den Tag kommt! Nachher, wenn's sich ausgewiesen hat, wie ich es mir zusammendenke, wollen Wir, daß Ihr die dort gen Ungarn führet als Unser Ehrbarer, Mannhafter und Getreuer! Höret Ihr, Hauptmann Erdwin Wüstemann?! Nun hebet die Leichen und rühret die Trommeln — fort! fort!"

Über der blutigen Morgenröte hatten sich die Wolken wieder dunkel zusammengezogen. Wieder sanken leise einzelne weiße Flocken herab. Sie mehrten sich von Augenblick zu Augenblick und deckten bald, einem Leichentuch gleich, die Körper Christophs und Annas, wie sie durch die Gassen der Stadt Wolfenbüttel, dem Zuge der Krieger und Bürger voran, dicht hinter dem Gefolge des Herzogs, welcher mit gesenktem Haupte vorausritt, der Gerichtsstätte am Schloß zugetragen wurden. Der alte Knecht Erdwin ging neben seinem jungen Herrn her; aber er wußte nichts davon — dunkel war es in ihm und um ihn! —

So starb der Junker Christoph von Denow eines adeligen Todes!

Ein Geheimnis

Lebensbild aus den Tagen Ludwigs XIV.

I.
In der Gasse Quincampoix.

enn man bedenkt, was für wunderliche Geschichten in dieser Welt tagtäglich geschehen, so muß man sich sehr wundern, daß es immerfort Leute gegeben hat und noch gibt, welche sich abmühten und abmühen, selbst seltsame Abenteuer zu erfinden und sie ihren leichtgläubigen Nebenmenschen durch Schrift und Wort für Wahrheit aufzubinden. Die Leute, die solches tun, verfallen denn auch meistens — wenn sie ihr leichtfertig Handwerk nicht ins Große treiben und was man nennt große Dichter werden, — der öffentlichen Mißachtung als Flausenmacher und Windbeutel, und alle Vernünftigen und Verständigen, die sich durch ein ehrlich Handwerk ernähren, als wie Prediger, Leinweber und Juristen, Bürstenbinder, Ärzte, Schneider, Schuster und dergleichen, blicken mit mitleidiger Geringschätzung auf sie herab, und das mit Recht!

So sage ich denn reu- und wehmütig *confiteor, confiteor;* — *mea culpa, mea culpa!* so beginne ich denn meine — w a h r e G e s c h i c h t e.

Es war in dem durch die Seeschlacht von La Hogue für das Glück und den Glanz des französischen Königs und Volkes so unheilvollen Jahre 1692. Viel Not und Elend herrschte im Lande; in Guienne, Bearn, Languedoc und der Dauphinée starben die Menschen zu Tausenden vor Hunger; Bankerotte, greuliche Mordtaten, Aufstände waren an der Tagesordnung; — es war, als wolle es abwärts gehen mit dem großen Louis. Es regnete, und der Novemberwind fuhr in kurzen Stößen scharf über die Stadt Paris und durch die Gasse Quincampoix, welche letztere gar wüst, schmutzig und verwahrlost ausschauete. Und sah die Gasse Quincampoix an diesem düstern Novembernachmittag häßlich aus, so gewährten die Menschen, welche sie bevölkerten, einen noch schlimmern Anblick. War es nicht, als ob das allgemeine Unglück jedem Gesicht seinen Stempel aufgedrückt habe? — O wie verkommen erschien diese französische Nation, welche sich für die erste der Welt hielt.

Vier Uhr schlug's, als ein junger Mensch von ungefähr achtundzwanzig Jahren, hager, bleichgelblich von Gesicht, schwarzhaarig, schwarzäugig, in luftigen, ärmlichen, schäbigen Kleidern, in der Gasse Quincampoix in die Kneipe zum Dauphinswappen trat, um seine letzten Sols an eine Mahlzeit zu wenden. Stefano Vinacche hieß dieser junge Mann; ein Neapolitaner war er von Geburt, ein Abenteurer vom reinsten Wasser. Als er in die Gargotte eintrat, herrschte in derselben ein wahrer Höllenlärm; ein Sergeant vom Regiment Villequier war mit einem Kornet vom Regiment Ruffey über dem Spiele in Streit geraten, ein Perückenmacher zankte mit einem Lakaien der Prinzessin von Conti über die Frage: ob es recht sei, daß Monsieur de Pomponne, der Staatsminister, so viel einzunehmen habe, als ein Prinz von Geblüt; — andere Gäste unterhielten sich über andere Gegenstände mit so viel Lärm als möglich. Im Hinterzimmer, welches an die Kneipstube grenzte, war ein äußerst hitziger Wortkampf ausgebrochen zwischen dem Wirt zum Dauphinswappen, Claude Bullot, und seiner hübschen galanten Tochter, — kurz, alles ging drunter und drüber, und nur Margot die Kellnerin, eine Picarde, bewahrte ihren Gleichmut, blickte vom Kamin aus mit untergeschlagenen Armen in das Getümmel und gab Achtung, daß dem Sergeanten und dem Kornet jede zerbrochene Flasche, jedes zertrümmerte Glas richtig angekreidet wurden. Margot die Picarde wußte, daß im Notfall die Marechaussée in der Gaststube alles schon ins Gleichgewicht bringen würde, und was im Hinterzimmer vorging, zwischen ihrem Herrn und der Mademoiselle, machte ihr das höchste Vergnügen. —

Am Kamin legte Margot die Picarde dem Neapolitaner das Kuvert, und der Fremde war allzu ausgehungert und allzu naß, um anfangs an etwas anderes zu denken, als den Hunger aus dem Magen und die Kälte aus den übrigen Gliedern zu verjagen. Ruhig setzte er sich auf den ihm angewiesenen Platz, aß und trank, trocknete seine Kleider, bis er allgemach wieder auflebte und fähig wurde, seine Aufmerksamkeit den Vorgängen in seiner Umgebung zuzuwenden. Der Sergeant vom Regiment Villequier erhielt richtig einen Degenstoß in die Schulter, verhaftet wurde darüber der Kornet vom Regiment Ruffey; die Bürger, Lakaien, Diebe und Tagediebe zerstreuten sich mit einbrechender Dämmerung, um sich vor der Dunkelheit zu retten, oder in der Dunkelheit ihren lichtscheuen Geschäften nachzugehen. Es wurde still in der Gargotte, nur im Hinterzimmer konnte man sich immer noch nicht beruhigen. In der Tür, welche auf die Gasse führte, stand die Kellnerin Margot und blickte in den Regen und die Nacht hinaus, das Feuer im Kamine prasselte und knatterte und warf seinen roten Schein über die Tische und Bänke des weiten Gemaches, die trübe Hängelampe qualmte an der geschwärzten Decke; niemand störte jetzt mehr den jungen Neapolitaner in seinen trüben Gedanken. Mechanisch klimperte er mit den wenigen Geldstücken in seiner Tasche; — was sollte er beginnen, um nicht Hungers zu sterben, um nicht in den Gassen dieses schmutzigen, kalten, stinkenden Paris zu erfrieren? „O Neapel, Neapel!" seufzte Stefano Vinacche.

Jawohl, etwas anderes war es, eine Nacht obdachlos am Strande des tyrrhenischen Meeres, ein anderes, eine Nacht obdachlos am Ufer der Seine zuzubringen. Eine Art stumpfsinniger Schlaftrunkenheit überkam den jungen Italiener, seine Augen schlossen sich unwillkürlich, und immer dumpfer und verworrener vernahm er das Schluchzen der Mademoiselle Bullot und die kreischende Stimme des zornigen Vaters.

Aber was war das? Plötzlich schwand jedes Zeichen von Ermüdung, von Erschöpfung an dem Italiener. Vorgebeugt saß er auf seinem Stuhle und horchte mit der gespanntesten Aufmerksamkeit nach der Tür hin, welche in das Hinterzimmer führte. Das Wechselgespräch zwischen Vater und Tochter war dem Fremden auf einmal interessant geworden durch einen Namen, der soeben mehrere Male darin vorgekommen war.

Immer gespannter horchte Vinacche.

Hatte nicht Meister Claude Bullot, ehe ihm Monseigneur der Herzog von Chaulnes die Kneipe zum Dauphinswappen einrichtete, als Seifensieder Bankerott gemacht?

War nicht Mademoiselle Bullot ein reizendes Schätzchen, dem man schon etwas zu Gefallen tun konnte?

Hoch spitzte Stefano Vinacche die Ohren beim Namen des Herzogs von Chaulnes.

„Oho, Stefano, solltest du da unvermutet in den Honigtopf gefallen sein? Oho, Glück geht immer über Verstand, — *va' piu un' oncia di fortuna, che una libra di sapere.* Achtung, Achtung, Vinacche!"

Mancherlei sprach der Vater im Hinterzimmer der Kneipe zum Wappen des Dauphins. Mancherlei sprach das Töchterlein dagegen; immer fröhlicher rieb sich Stefano die Hände, bis endlich die Verbindungstür mit Macht aufgerissen wurde und Mademoiselle — *éplorée* in das Schenkzimmer stürzte. Hinter ihr erschien der zornige Papa, einen zusammengedrehten Strick in der Hand:

„Warte, Kreatur!"

Stefano Vinacche wußte schon längst, was er zu tun hatte. Er warf sich auf den ergrimmten Gargottier und packte seinen erhobenen Arm.

„Monsieur?!"

„Monsieur!"

„Laßt mich frei! was fällt Euch ein?"

„Ich leid's nicht, daß Ihr Mademoiselle mißhandelt; — tretet hinter mich, Mademoiselle!"

„Margot, Margot!" rief endlich der Wirt zum Dauphinswappen.

Margot erschien, stemmte aber nur die Arme in die Seite und sah der Szene zu, ohne ihrem Herrn zu Hilfe zu kommen.

„Haltet ihn, um Gottes willen, haltet ihn, er wird mich ermorden, wenn Ihr ihn freilaßt!" rief Mademoiselle Bullot.

„Seid ruhig, Schönste; er soll Euch nichts zuleide tun. Pfui, schämt Euch, Monsieur, wie könnt Ihr eine liebenswürdige Tochter also behandeln?"

„Ich frage Euch zum letztenmal, wollt Ihr mich loslassen?"

„In Ewigkeit nicht, wenn Ihr mir nicht den Strick gebt, Signor, und versprecht artig zu sein gegen die Damen, Signor!"

„Morbleu!" schrie der Wirt zum Dauphinswappen, und der Himmel weiß, was geschehen wäre, wenn nicht der Eintritt eines in einen Mantel gewickelten Mannes der Szene ein Ende gemacht hätte.

Der Mantel fiel zur Erde, und Wirt und Töchterlein und Kellnerin und Italiener riefen mit einer Stimme:

„Monseigneur!"

Der Eingetretene war Karl d'Albert, Herzog von Chaulnes, Pair von Frankreich, Vidame von Amiens, ein ältlicher Mann, dem man den „großen Herrn" nicht im mindesten ansah, woran der bürgerliche Anzug durchaus nicht schuld war; ein Mann, von welchem einige Jahre später ein deutscher Schriftsteller sagte: „Er erwartet den Tod mitten in seinen Vergnügungen; er ist freigebig ohne Unterschied und von einem sehr abgenutzten Gehirne."

„Holla, das geht ja lustig her!" rief der Herzog. „*Notre Dame de Miracle*, und auch Vinacche dabei! Sagt mir um aller Teufel willen —"

Mademoiselle Bullot ließ ihn nicht aussprechen; sie eilte auf den hohen Herrn zu und — warf sich an seinen Hals, schluchzend, Gift und Galle speiend:

„Monseigneur, ich halt's nicht mehr aus; Monseigneur, errettet mich aus den Händen meines Vaters! Wäre dieser edle junge Mann eben nicht dazwischen gekommen, er hätte mich gewißlich zu Tode geschlagen."

„Wieder das alte Lied? Bullot, Bullot, ich frage Euch um Gottes willen, glaubt Ihr in der Tat, ich habe Euch Eurer roten Nase wegen zum Eigentümer dieses Dauphinswappens gemacht? Ich sage Euch, auf den Knieen solltet Ihr Eure liebenswürdige Tochter verehren; — *notre Dame de Miracle*, ich sage Euch zum allerletzten Male, behandelt Mademoiselle, wie es sich ziemt, oder —"

„O Monseigneur!" flehte Meister Claude, welcher seinen Strick längst ganz verstohlen in den Winkel geworfen hatte und katzenbuckelnd so gemein und niederträchtig aussah, wie man unter der Regierung des großen Louis nur

72

aussehen konnte. „O Monseigneur, ich versichere Euch, s i e hat's darauf abgesehen, ihren unglückseligen Vater in ein frühzeitig Grab zu bringen. Monseigneur, Ihr kennt sie nur von der einen Seite; aber ich — o Monseigneur!" —

„Still! Ihr seid ein Schurke, und Mademoiselle ist ein Engel! — beruhige dich, Kind —"

„Monseigneur, er ist zu boshaft. Monseigneur, wenn Ihr mich wirklich liebt, so laßt mich nicht in seiner Gewalt."

„Ruhig, ruhig, süßes Kind. Was ist denn nur eigentlich vorgefallen?"

Ja, was war vorgefallen?

Eine Zungenfertigkeit sondergleichen entwickelten Mademoiselle Bullot und Meister Claude Bullot gegeneinander, doch haben wir mit dem Ausgangspunkte des Streites nicht das mindeste zu schaffen und brauchen nur zu sagen, daß der Herzog von Chaulnes, obgleich er im Grunde seines Herzens dem erzürnten Papa recht geben mußte, in Anbetracht seiner zarten Stellung zu Mademoiselle sich auf deren Seite stellte. Sehr ärgerlich war der Herzog von Chaulnes! In äußerst lebendiger Stimmung war er durch die Gasse Quincampoix zum Dauphinswappen geschlichen, nun fand er statt Ruhe und Behagen, Unzufriedenheit und Streit; wo er Lächeln und Lachen erwartet hatte, mußte er Tränen trocknen; — *notre Dame de Miracle*, es war zu ärgerlich!

„Etienne," sagte der Herzog zu Vinacche, „Etienne, ich bin dieses Lärms müde; ich will nach Haus und du magst mit mir kommen. Meister Claude, ich versichere Euch meiner gnädigsten Ungnade! Mademoiselle, Eure rotgeweinten Augen betrüben mich sehr — gute Nacht, Mademoiselle — dazu zweihundert Louisdor im Landsknecht verloren — kommt, Etienne Vinacche, Ihr mögt mit mir zum Hotel fahren, ich habe Euch etwas zu sagen; ich habe eine Idee!"

Vergebens hing sich Mademoiselle Bullot an den Arm des Herzogs mit den süßesten Schmeicheleien und Liebkosungen. Er machte sich los, streckte dem niedergeschmetterten Wirt zum Dauphinswappen eine Faust entgegen, ließ sich von Vinacche den Mantel wieder um die Schultern legen und verließ, im höchsten Grade mißmutig gestimmt, mit seiner „Idee" die Gargotte, in welcher nach seinem Abzuge der Tanz zwischen Vater und Tochter von neuem anging, doch diesmal mit allem Vorteil auf Seiten von Mademoiselle. Meister Claude Bullot sah ein, daß er ein Esel — ein gewaltiger Esel war; demütig kroch er zu Kreuze und nahm jede Injurie, welche ihm das Töchterlein an den Kopf warf, mit gekrümmtem Rücken in Empfang.

Unterdessen wateten mühsam der Herzog und der Italiener durch den Schmutz und die Gefahren der Gassen von Paris, bis sie an einer Ecke zu der harrenden Karosse des Herzogs gelangten. Mit tiefen Bücklingen riß der Lakai den Wagenschlag auf.

„Steig hinten auf, Etienne; ich habe mit dir zu reden," sagte der Herzog und warf sich in die Kissen seiner Kutsche.

„Achtung, Stefano, jetzt mag's in deinen Topf regnen!" murmelte der schlaue Neapolitaner, und schwerfällig setzte sich die Karosse in Bewegung.

II.
Gold.

ährend vor dem flackernden Kaminfeuer in seinem Hotel der Herzog von Chaulnes dem obdachlosen Vagabunden Stefano Vinacche den annehmbaren Vorschlag tut, Mademoiselle Bullot, das liebenswürdige Erzeugnis der Gasse Quincampoix, zu — heiraten und dadurch nicht nur sich selbst, sondern auch Monseigneur aus mancherlei ärgerlichen Verdrießlichkeiten des Lebens herauszureißen, wollen wir erzählen, wer Stefano Vinacche eigentlich war. Im Jahre 1689 war der junge Neapolitaner als Lakai im Gefolge des Herzogs, dem er zu Rom mancherlei Dienste kurioser Art geleistet haben mochte, nach Frankreich gekommen, ohne jedoch in diesem Lande anfangs die Träume, welche ihm seine südliche Phantasie vorspiegelte, zu verwirklichen. Es wird uns nicht gesagt, was ihn im folgenden Jahre schon aus dem Dienste seines Gönners trieb, und ihn bewog, sich als gemeiner Soldat in das Regiment Royal-Roussillon aufnehmen zu lassen. Wir wissen nur, daß er im Jahre 1691 dem Regimentsschreiber Nicolle, seinem Schlafkameraden, einige Offiziersuniformen, welche derselbe ausbessern sollte, stahl und mit ihnen desertierte, welches Wagestück aber fast übel abgelaufen wäre. Auf dem Wege nach Paris, der Stadt, nach welcher von jeher eine dumpfe Ahnung künftiger Geschicke das seltsame Menschenkind trieb, gefangen und als Fahnenflüchtiger ins Gefängnis geworfen und zum Tode

verurteilt, entging er nur durch Verwendung des Grafen von Auvergne dem Galgen. Im nächsten Jahre in Freiheit gesetzt, machte sich Stefano Vinacche von neuem auf den Weg nach Paris, und haben wir seiner Ankunft in der Gargotte zum Wappen des Dauphins in der Gasse Quincampoix soeben beigewohnt. —

Ei, wie wunderlich, wunderlich spinnt sich ein Menschenleben ab! Wir armen blinden Leutlein auf diesem Erdenballe wandern freilich in einem dichten Nebel, der sich nur zeitweilig ein wenig hier und da lüftet, um im nächsten Augenblicke desto dichter sich wieder zusammenzuziehen. Wir getriebenen und treibenden Erdbewohner haben freilich nur eine dumpfe Ahnung von dem, was im Getümmel ringsumher vorgeht. Warum sollten wir uns auch in der kurzen Spanne Lebenszeit, die uns gegeben ist, viel um andere Leute bekümmern, da wir doch so viel mit uns selbst zu tun haben? Über allen Nebeln ist Gott; der mag zusehen, daß alles mit rechten Dingen zugeht; der mag acht geben, daß sich der Faden der Geschlechter, welchen er durch die Jahrtausende von dem Erdknäuel abwickelt, nicht verwirrt. Nur weil sie abgewickelt werden, drehen sich Sonne, Mond, Sterne; — von jeder leuchtenden Kugel läuft ein Faden zu dem großen Knäuel in der Hand Gottes, zu dem großen letzten Knäuel, in welchem jeglicher Knoten, der unterwegs entstanden sein mochte, gelöst sein wird, in welchem alle Fäden nach Farben und Feinheit harmonisch sich zusammenfinden werden.

Da ist solch ein Knötlein im Erdenfaden! wir finden es in unsrer Erdgeschichte am Ende des siebenzehnten und Anfang des achtzehnten Jahrhunderts nach Jesu Geburt, wo viel Sünde, Schande und Verderbnis sich häßlich ineinander schlingen, wo Krieg und Sittenlosigkeit das abscheulichste Bündnis geschlossen haben, daß das jetzige Gechlecht schaudernd darob die Hände über dem Kopfe zusammenschlägt.

Der Erzähler aber, des letzten großen knotenlosen Knäuels in der Hand Gottes gedenkend, schlägt nicht die Hände über dem Kopfe zusammen; — den Handschuh hat er ausgezogen, mutig in die Wüstenei hineingegriffen, einen längst begrabenen, vermoderten, vergessenen Gesellen hervorgezogen. Da ist er — S t e f a n o V i n a c c h e — späterhin Monsieur Etienne de Vinacche, großer Arzt, berühmter Chemiker, — Goldmacher, nächst Samuel Bernard der reichste Privatmann seiner Zeit!...

„Also Etienne," sprach der Herzog von Chaulnes zu dem halb verhungerten, obdachlosen Vagabunden, „eine allerliebste Frau und eine vortreffliche Aussteuer...."

„*Servitore umilissimo!*"

„Und, Etienne, eine Empfehlung an meinen Freund, den Herzog von Brissac. Ihr geht nach Anjou, — lebt auf dem Lande, wie die Engel *à la Claude Gillot*, — ich besuche Euch — stehe Gevatter —"

„Ah!" machte der Italiener mit einer unbeschreiblichen Bewegung des ganzen Oberkörpers.

„*Plait-il?*"

„O nichts, Monseigneur!" sagte der Italiener. „Ihr seid mein gnädigster, gütigster Herr und Gebieter." Er machte eine Verbeugung bis auf den Boden.

„Wann soll die Hochzeit sein, Monseigneur?"

„So schnell als möglich — ach!"

„Monseigneur seufzt?!" rief Stefano schnell. „Noch ist's Zeit, daß Monseigneur Sein Wort zurücknehme; Mademoiselle Bullot ist ein reizendes Mädchen; aber wenn Monseigneur die hohe Gnade haben wollte, mich wieder zu seinem Kammerdiener zu machen —"

„Nein, nein, nein, es bleibt dabei, Vinacche; Ihr heiratet die Schöne, und ich — *ah notre Dame de Miracle* — ich will hingehen und sorgen, daß Madame von Maintenon und der Pater La Chaise davon zu hören bekommen. Also geht, Vinacche; bis zur Hochzeit gehört Ihr wieder zu meinem Haus. Der Intendant soll für Euch sorgen."

„Monseigneur ist der großmütigste Herr der Welt!" rief Vinacche, dem Herzog die Hand küssend. Unter tiefen Bücklingen schritt er rücklings zur Tür hinaus, und tief seufzend blickte ihm sein Gönner nach.

Als sich die Tür hinter dem Italiener geschlossen hatte, murmelte dieser: „*Corpo di Bacco*, Achtung, Achtung, Vinacche, Stefano mein Söhnchen! Halte die Augen offen, mein Püppchen! Ist's mir nicht versprochen bei meiner Geburt, daß ich vierspännig fahren sollte in der Hauptstadt der Franzosen?!"

Drinnen rieb sich der Herzog die Stirn und ächzte:

„Ach, Madame von Maintenon ist eine große Dame! *Vive la messe!*"

Acht Tage nach dem eben Erzählten war eine Hochzeit in der Gasse Quincampoix. Der Wirt zum Dauphinswappen Claude Bullot verheiratete zu seiner eigenen Verwunderung und zur Verwunderung sämtlicher Nachbaren und Nachbarinnen seine hübsche Tochter mit einem ganz unbekannten jungen Menschen, der nicht einmal ein Franzose war. Mancherlei Glossen wurden darüber gemacht, und allgemein hieß es, Mademoiselle Bullot sei eine Törin, welche nicht wisse, was man mit einem hübschen Gesicht und tadellosen Wuchs in Paris anfangen könne.

Da aber Mademoiselle Bullot und Stefano Vinacche mit ziemlich vergnügten Mienen ihr Schicksal trugen, so mochten Papa und Nachbarschaft nach Belieben sich wundern, nach Belieben Glossen machen. Sämtliche Dienerschaft des Herzogs von Chaulnes verherrlichte die Hochzeit durch ihre Gegenwart; Flöten und Geigen erklangen in der Gargotte zum Wappen des Dauphins. Man sang, jubelte, trank auf das Wohl der Neuvermählten bis tief in die Nacht. Zuletzt artete das Gelage nach der Sitte der Zeit in eine wahre Orgie aus; blutige Köpfe gab's, und zum Schluß mußte der Polizeileutnant einschreiten und die ausgelassene Gesellschaft auseinander treiben. Am folgenden Tage machte das junge Paar sich auf den Weg zum Gouverneur von Anjou, dem Herzog von Brissac, einem „armen Heiligen, dessen Name nicht im Kalender steht".

Ein tüchtiges Schneegestöber wirbelte herab, als der Wagen der Neuvermählten hervorfuhr aus der Gasse Quincampoix. Auf der Schwelle seiner Tür stand der Vater Bullot mit der Kellnerin Margot, und beide blickten dem Fuhrwerk nach, so lange sie es sehen konnten. Dann zog der Wirt zum Dauphinswappen die Schultern so hoch als möglich in die Höhe und trat mit der Picarde zurück in die Schenkstube, welche noch deutlich die Spuren der Hochzeitsnacht an sich trug.

„Alles in allem genommen, ist's doch ein Trost und ein Glück, daß ich sie los bin," brummte der zärtliche Papa. „Es hätte noch ein Unglück gegeben; das war ja immer, als brenne der Scheuerlappen zwischen uns. Vorwärts, Margot! einen Kuß und an die Arbeit, mein Liebchen, auf daß das Haus rein werde."

Liebe Freunde, wer das Leben Stefano Vinacches beschreibt, der muß recht acht geben, daß er seinen Weg im Nebel nicht verliere. Schattenhaft gleitet die Gestalt des Abenteurers vor dem Erzähler her, bald zu einem Zwerg sich zusammenziehend, bald riesenhaft anwachsend, gleich jener seltsamen Naturerscheinung, die den Wanderer im Gebirge unter dem Namen des Nebelgespenstes erschreckt. Bald klarer, bald unbestimmter tritt Stefano Vinacche aus den Berichten seiner Zeitgenossen uns entgegen. Wir wissen nicht, was ihn mit seiner Frau so schnell aus Anjou nach Paris zurücktrieb; wir wissen nur, daß am neunten April 1693, an dem Tage, an welchem Roger von Rabutin, Graf von Bussy, sein wechselvolles Leben beschloß, der Papa Bullot in höchster Verblüffung die Hände über dem Kopfe zusammenschlug, als er Tochter und Schwiegersohn zu Fuß, kotbespritzt, mit höchst winziger Bagage, durch die Gasse Quincampoix auf das Dauphinswappen zuschreiten sah. Der gute Alte traute seinen Augen nicht und überzeugte sich nicht eher von der Wirklichkeit dessen, was er erblickte, bis ihm Madame Vinacche schluchzend um den Hals fiel, und Stefano ihn herzzerbrechend anflehte, ihn und sein Weib für eine Zeit wieder unter sein Dach zu nehmen.

„Wir wollen auch recht artige Kinder sein!" bat Madame Vinacche.

„Und wir werden nicht lange Euch zur Last sein!" rief Stefano.

„*Diable! diable!*" ächzte Meister Claude Bullot, und Margot, die Picarde, gab ihm verstohlen einen Rippenstoß, daß er fest bleibe und sich nicht beschwatzen lasse.

Wer hätte aber den beredten Worten Stefano Vinacches widerstehen können? Das Ende vom Liede war, daß das junge Ehepaar mit seinen armen Habseligkeiten einzog in die Kneipe zum Dauphinswappen, und daß Meister Bullot und Margot, die Kellnerin, nachdem Madame Vinacche die Schwelle überschritten hatte, seufzend sich in das Unvermeidliche fügten.

„Ach, Margot, Margot, nun sind die schönen Tage wieder vorüber!" seufzte Meister Claude, und während die Heimgekehrten im oberen Stockwerk des Hauses ihre

Einrichtungen trafen, saßen am Kamin in der leeren Schenkstube der Wirt und seine Kellnerin trübselig einander gegenüber und konnten sich nur durch das weise Wort, daß man das Leben nehmen müsse, wie es komme, — trösten. Dann schlossen die beiden Parteien einen Kompromiß, in welchem festgestellt wurde, daß weder Monsieur Etienne noch Madame in die Angelegenheiten des Papas und der Kellnerin Margot sich mischen sollten, und daß sie durch ihnen passend scheinende Mittel für ihrer Leiber Nahrung und Kleidung selbst zu sorgen hätten. Wohnung, Licht und Feuerung versprachen Meister Bullot und Margot die Picarde zu liefern.

Feierlich wurde dieser Vertrag von einem Stammgast der Gargotte, dem Sieur Le Poudrier, einem Winkeladvokaten, verbrieft und besiegelt, und man lebte fortan miteinander, wie man konnte.

Da der Herzog von Chaulnes seine Verpflichtungen gegen das junge Ehepaar glänzend abgetragen zu haben glaubte, so floß die Quelle seiner Gnaden immer spärlicher und versiegte zuletzt ganz. Die Haushaltung im zweiten Stockwerk des Dauphinswappens mußte für Eröffnung anderer Geldquellen sorgen, zumal da noch im Laufe des Sommers ein kleiner Vinacchetto das Licht der Gasse Quincampoix erblickte. Die Not und der Zug der Zeit machten Stefano zu einem Charlatan; aber jedenfalls zu einem genialen Charlatan.

„Anima mia, laß den Mut nicht sinken, wir fahren doch noch vierspännig!" sagte er zu seiner hungernden Frau und fing an, den Nachbarn und Nachbarinnen, sowie den Gästen, welche die Gargotte seines Schwiegervaters besuchten, Mittel gegen das Fieber und andere unangenehme Übel zu verkaufen.

Allmählich verwandelte sich das Wohngemach der kleinen

Familie in ein schwarzangeräuchertes chemisches Laboratorium; mit wahrer Leidenschaft warf sich Stefano Vinacche, obgleich er bis an sein Ende weder lesen noch schreiben lernte, auf das Studium der Simpla und der Mineralien.

Eine gewaltige Veränderung ging mit dem seltsamen Menschen vor; — nicht mehr war er der vagabondierende Abenteurer, der das Glück seines Lebens auf den Landstraßen, in den Gassen suchte. Tag und Nacht schritt er grübelnd einher, das Haupt zur Brust gesenkt, die Arme über der Brust gekreuzt. Wer konnte sagen, was er suchte?

Eine fast ebenso überraschende Veränderung kam über das junge Weib Vinacches. Die frühere Mätresse des Herzogs von Chaulnes verehrte den ihr aufgedrungenen Mann auf den Knien, sie war die treuste, liebendste Gattin geworden, und ist es über den Tod Stefanos hinaus geblieben.

S i e konnte lesen, s i e konnte schreiben: —wie viele alte vergilbte Bouquins hat sie dem suchenden Forscher, in stillen Nächten, während sie ihr Kind wiegte, vorgelesen!

Der Vater Bullot hatte nicht mehr Ursache, sich über das wilde, unbändige Gebaren seiner Tochter zu beklagen. Die eigentümliche Gewalt, welche Stefano Vinacche späterhin über die schärfsten, klarsten Geister hatte, trat auch jetzt in der engeren Sphäre schon bedeutend hervor. Papa Claude, Margot die Picarde, Gratien Le Poudrier der Rabulist, alle Nachbaren und alle Nachbarinnen beugten sich dem schwarzen, funkelnden Auge Stefanos. Der Stein war ins Wasser gefallen, und die Wellenringe liefen in immer weitern Kreisen fort; — weit, weit über die Gasse Quincampoix hinaus verbreitete sich der Ruf Stefano Vinacches!

Unterdessen schlug man sich in Deutschland, Flandern, Spanien, Italien und auf der See. In Deutschland verbrannte Melac Heidelberg, und der Feldmarschallleutnant von

Hettersdorf, der „die *poltronnerie* seines Herzens mit großen *Peruquen* und bebremten Kleidern zu bedecken pflegte", — Hettersdorf, der elende Kommandant der unglücklichen Stadt, wurde auf einem Schinderkarren durch die Armee des Prinzen Ludwig von Baden geführt, nachdem ihm der Degen vom Henker zerbrochen worden war. Aus Flandern schickte der Marschall von Luxemburg durch d'Artagnan die Nachricht vom Sieg bei Neerwinden. Roses in Katalonien wurde erobert. Zu Versailles, zu Paris in der Kirche unserer lieben Frau sang man *Te Deum laudamus*; aber im Bischoftum Limoges starben gegen zehntausend Menschen Hungers. Zu Lyon wie zu Rouen fiel das Volk in den Gassen wie Fliegen, und ihrer viel fand man, welche den Mund voll Gras hatten, ihr elendes Leben damit zu fristen.

Stefano Vinacche, nach einer Reise in die Bretagne, verließ die Gasse Quincampoix und das Haus seines Schwiegervaters und zog in die Gasse Bourg l'Abbé. Strahlend brach die Glückssonne Stefanos durch die Wolken. Fünf Monate war er in der Bretagne gewesen, und niemand hat jemals erfahren, was er dort getrieben, — gesucht, — gefunden hat! Zu Fuß zog er aus, in einer zweispännigen Karosse kehrte er zurück. Zwei Lakaien und ein Kammerdiener bedienten ihn in der Straße Bourg l'Abbé, wohin er aus der Gasse Quincampoix zog. Von neuem errichtete er in seiner jetzigen Wohnung seine chemischen Feuerherde, von neuem braute er seine Rezepte, und das Gerücht ging aus, Monsieur Etienne Vinacche suche den Stein der Weisen, und es sei Hoffnung vorhanden, daß er denselben binnen kurzem finden werde; und wieder tritt dem Erzähler der alte Gönner des unbegreiflichen Mannes, der Herzog von Chaulnes, entgegen, welcher ihm zum Ankauf von Kohlen, Retorten und dergleichen Apparaten zweitausend Taler gibt.

Im Jahr der Gnade Eintausendsiebenhundert war das große

Geheimnis gefunden; — Stefano Vinacche hatte das Projektionspulver hergestellt, Etienne Vinacche machte —

Gold!

In demselben Jahre Eintausendsiebenhundert kaufte Monsieur de Vinacche aus dem Inventar von Monsieur, dem Bruder des Königs, für sechzigtausend Livres Diamanten.

III.
Glück und Glanz.

ir schauen wie in ein Bild von Antoine Watteau durch das zarte frühlingsfrische Blätterwerk zu Coubron — fünf Meilen von Paris — wo Monsieur Etienne de Vinacche auf seinem reizenden Landsitze ein glänzendes Fest gibt. Die untergehende Maisonne des Jahres Siebzehnhunderteins übergießt die Landschaft mit rosigem Schein; — Lachen und Kosen und Flüstern des jungen Volkes ertönt im Gebüsch; geputzte ältere Herren und Damen durchwandeln gravitätisch die gradlinigen Gänge des Parkes. Karossen und Reitpferde mit ihrer Begleitung von Kutschern, Lakaien und Läufern halten vor dem vergoldeten Gittertor; Monsieur de Vinacche und seine Frau sind eben im Begriff, von einem Teil ihrer Gäste, der nach Paris oder den umliegenden Landhäusern zurückkehren will, Abschied zu nehmen.

Die Dame Rochebillard, die Geliebte Tronchins, des ersten Kassierers Samuel Bernards, des *„fils de Plutus"*, — wird von Madame de Vinacche zu ihrer Kutsche geleitet; Monsieur Etienne befindet sich im eifrigen Gespräch mit einem jungen Edelmann, dem Sieur de Mareuil. Für fünftausend Livres will Vinacche dem Herrn von Mareuil einen konstellierten Diamant, vermöge dessen man immerfort glücklich spielen soll, anfertigen. Ein wenig weiter zurück unterhalten sich die beiden reichen Bankiers van der Hultz, der Vater und der Sohn, mit Herrn Menager, *Sécrétaire du Roi* und Handelsdeputierten von Rouen; — auf einem Rasenplatz tanzen einige junge Paare nach den Tönen einer Schalmei und eines Dudelsacks ein Menuett; bunte Diener tragen Erfrischungen umher, für die abfahrenden Gäste erscheinen andere; der Chevalier von Serignan, Monsieur Nicolaus Buisson, der Sieur Destresoriers, Edelleute von der Robe, Edelleute vom Degen, Finanzleute, Beamte und so weiter mit ihren Frauen und Töchtern, allgesamt angezogen von dem Glanz, der Pracht und dem großen Geheimnis des einstigen neapolitanischen Bettlers Stefano Vinacche.

Hat sich aber um Mitternacht dieser Schwarm der Gäste verloren, so erscheinen andere Gestalten. Aus verborgenen Schlupfwinkeln tauchen Männer auf, finstere bleiche Männer mit zusammengezogenen Augenbrauen und rauhen, rauchgeschwärzten Händen. Da ist Konrad Schulz, ein Deutscher, den Herr von Pontchartrain später verschwinden läßt, ohne daß man jemals wieder von ihm hört. Da sind Dupin und Marconnel, hocherfahren in der geheimen Kunst. Da ist Thuriat, ein wackerer Chemiker; da ist ein anderer Italiener, Martino Polli. Geheimnisvolle Wagen, von geheimnisvollen Fuhrleuten begleitet, langen an und fahren ab, und Säcke werden abgeladen und aufgeladen, die, wenn sie die Erde oder einen harten Gegenstand berühren, ein leises Klirren, als wären sie mit Goldstücken gefüllt, von sich geben, geheimnisvolle Feuer in geheimnisvollen Öfen flammen auf, — Wacht hält Madame de Vinacche, daß die nächtlichen Arbeiter nicht gestört werden in ihrem Werke.

Hüte dich, Stefano Vinacche! Im geheimen Staatsrat zu Versailles hat man von dir gesprochen: Monsieur Pelletier von Sousy, der Intendant der Finanzen, hat den Mann mit dem Kopf voll böser Anschläge, hat Monsieur d'Argenson aufmerksam auf dich gemacht.

Hüte dich, Stefano Vinacche! —

Wer klopft in dunkler Nacht an das Hinterpförtchen des Landhauses zu Coubron?

Salomon Jakob, ein Jude aus Metz, welcher die Verbindung des „Unbegreiflichen" mit Deutschland vermittelt.

Wer klopft in dunkler Nacht an die Pforte des Landhauses zu Coubron?

Franz Heinrich von Montmorency-Luxemburg, Pair und Marschall von Frankreich, welchen Stefano Vinacche die Kunst lehren soll, den Teufel zu beschwören.

In dunkler Nacht fährt nach Coubron der Herzog von Nevers, um sich in die geheimen Wissenschaften einweihen zu lassen.

In dunkler Nacht fährt nach Coubron Karl d'Albert, Herzog von Chaulnes, und Madame de Vinacche empfängt ihn in brokatnen Gewändern, geschmückt mit einer Cordeliere und einem Halsband im Wert von sechstausend Livres.

„*Notre Dame de Miracle*, wie habe ich für Euer Glück gesorgt, Allerschönste!" sagt der Herzog von Chaulnes, und die Tochter des Wirts zum Dauphinswappen verbeugt sich mit dem Anstand einer großen Dame und führt den hohen Gast und Gönner in ihren Salon, welcher den Vergleich mit jedem andern zu Paris aushält.

Stefano Vinacche trägt nicht mehr sein eigenes Haar; eine wallende gewaltige Lockenperücke bedeckt sein kluges Haupt. Mit feiner Ironie sagt er, in den wallenden Stirnlocken dieser seiner Perücke halte er seinen *Spiritus familiaris*, sein „*folet*" verborgen und gefesselt.

„*Notre Dame de Miracle*, Ihr seid ein großer Mann, Etienne!" sagt der Herzog von Chaulnes, und der Hausherr von Coubron verbeugt sich lächelnd:

„O Monseigneur!"

„Ja, ja, wer hätte das gedacht, als ich Euch in Italien von der Landstraße aufhob? Wer hätte das gedacht, als ich Euch durch den Grafen von Auvergne vom Galgen errettete; — Vinacche, Ihr müßt mir sehr dankbar sein."

Stefano legt die Hand auf das Herz.

„Monseigneur, ich habe ein gutes Gedächtnis für empfangene Wohltaten. Glaubt nicht, daß das Glück und die errungene Wissenschaft mich stolz mache. Fragt meine Frau, was gestern geschehen ist."

„Wahrlich, Monseigneur, es war eine tolle Szene. Stellt Euch vor, es befindet sich gestern eine glänzende Gesellschaft bei uns, Monsieur Despontis, Monsieur von Beaubriant und viele andere, als ein abgelumpter Mensch Etienne zu sprechen verlangt. Die Diener wollten ihn abweisen; aber Etienne hört den Lärm und läßt den Vagabunden kommen. *Mon Dieu*, was für eine Szene!"

„Nun?!"

„Nicolle war's, gnädigster Herr! Nicolle, meines Mannes Kamerad aus dem Regiment Royal-Roussillon!"

„Oh, oh, oh! ah, ah, ah!" lacht der Herzog. „Dem Wiederfinden hätt' ich beiwohnen mögen. Das muß in der Tat eine eigentümliche Überraschung gegeben haben."

„Ich fiel in Ohnmacht, und Etienne — fiel dem Vagabunden um den Hals —"

„Und die Gesellschaft?"

„Stand in starrer Verwunderung! Es war ein tödlicher Augenblick," ruft Madame de Vinacche klagend, doch Etienne sagt:

„Ich hatte dem Manne einst ein schweres Unrecht zugefügt, jetzt war mir die Gelegenheit gegeben, es wieder gutzumachen, und ich benutzte diese Gelegenheit."

„*Notre Dame de Miracle*, ich werde der Frau von Maintenon diese Geschichte erzählen. Ihr seid ein braver Gesell, Etienne. Ah, oh, *ou la vertu va-t-elle se nicher*? wie Monsieur Molière sagt, — sagt er nicht so?"

„Ich glaube, gnädiger Herr," meint Vinacche, die Achsel zuckend, und setzt hinzu, als eben jemand an die Tür des Salons mit leisem Finger klopft: „Da kommt Konrad, uns zum Werk zu holen. Wenn es also beliebt, Monseigneur, so können wir unsere Arbeit von neuem aufnehmen; Zeit und Stunde sind günstig, jeder Stern steht an seinem rechten Platz, und gute Hände schüren die Flamme!"

In die geöffnete Tür schaut das finstere Gesicht des deutschen Meisters Konrad Schulz:

„Es ist alles bereit!"

„Wir kommen!" sagt der Herzog von Chaulnes, mit zärtlichem Handkuß von Madame Vinacche Abschied nehmend. In das chemische Laboratorium herab schreiten die Männer.

Um den schwarzen Herd stehen regungslos die Gehilfen des großen Goldmachers. Atemlos verfolgt der Herzog jede Bewegung des Alchymisten.

Der Meister arbeitet!

Tiegel voll Salpeter, Antimonium, Schwefel, Arsenik, Qecksilber gehen von Hand zu Hand. Die Phiole mit dem „Sonnenöl" reicht Martino Polli, das Blei bringt Konrad Schulz zum Fluß; — der große Augenblick ist gekommen. Aus einem Loch in der schwarzen feuchten Mauer ringelt sich eine bunte Schlange hervor, sie steigt an dem Beine Stefano Vinacches empor, sie umschlingt seinen Arm und scheint ihm ins Ohr zu zischen. Ein Zittern überkommt den Goldmacher, aus der Brust zieht er ein winziges Fläschchen;

— im Tiegel gärt und kocht die metallische Masse, — die Flammen züngeln, — aus der Phiole in der Hand des Meisters fällt das Projektionspulver in den Tiegel — — — — — — — — — — — —

Das Werk ist vollbracht! In die Form gießt Konrad Schulz die kostbare, im höchsten Fluß befindliche Masse — nach einigen Augenblicken wiegt der Herzog von Chaulnes eine glänzende Metallbarre in der Hand. „Reinstes Gold, Monseigneur!" sagt Stefano Vinacche. —

IV.
Was man in Versailles dazu sagte.

inacche fuhr mit seiner Frau vierspännig durch die Straßen von Paris. Lange war Claude Bullot tot und erinnerte sie nicht mehr an die Dunkelheit ihrer Herkunft. In der Gasse Saint Sauveur besaß Stefano jetzt ein prächtiges Haus, wo er die beste Gesellschaft von Paris bei sich sah. Sein Leben strahlte im höchsten Glanz. Die Teilnehmer seiner wunderlichen Operationen hatte er durch Drohungen, Versprechungen, List und Überredung zu seinen Sklaven gemacht; er durfte ihnen drohen, sie bei der geringsten Auflehnung gegen seinen Willen als Fälscher, Kipper und Wipper hängen zu lassen. Seine Geschäftsverbindungen mit Samuel Bernard, Tronchin, Menager, mit den beiden van der Hultz, mit Saint-Robert und dem Sieur Buisson Destresoriers nahmen ihren ungestörten Fortgang. Man sah in seinen Gemächern oft fünfzehn, zwanzig, dreißig Säcke voll nagelneuer Louisdors aufgestellt. Neu geprägte Goldstücke fanden die Diener und Dienerinnen, von denen das Haus überquoll, im Kehricht, in den Winkeln, unter der schmutzigen Wäsche; — sie verkauften Stückchen von Goldbarren an die Juden, und Madame de Vinacche erschrak eines Tages heftig genug, als sie, ungesehen von ihnen, ein Gespräch zwischen ihrer Kammerfrau La Martion und einigen Lakaien ihres Mannes belauschte. —

Der spanische Erbfolgekrieg hatte begonnen. War das Geld im Hause Stephano Vinacches im Überfluß vorhanden, so mangelte es um desto mehr im Hause des Königs Ludwig des Vierzehnten. Herrschte im Hause Stefano Vinacches Jubel und Übermut, so herrschte Mißmut, Angst, Sorge und Not zu Versailles. Ein gewaltiger Umschwung aller Dinge trat in diesem früher so glänzenden Frankreich mehr und mehr hervor. Auf die Zeit des phantastischen, lebenvollen Karnevals folgte der Aschermittwoch mit seinen Grabgedanken. Zu Grabe gegangen waren die Schriftsteller und Dichter: Pascal und Franz von La Rochefoucauld ergründeten nicht mehr die Tiefe des menschlichen Herzens. Jean de Lafontaine hielt nicht mehr den lustigen Spiegel der Welt vor, Jean war „davongegangen wie er gekommen war"; — verstummt war die mächtige Leier des großen Corneille, Jean Racine hatte sein Schwanenlied gesungen und war hinabgesunken in die blaue Flut der Ewigkeit. Tot, tot war Molière, der gute Kämpfer gegen Dummheit, Heuchelei, Aberglauben und Laster; tot war Jean Baptiste Poquelin, genannt Molière, aber Tartuffe lebte noch!

Die Heiterkeit des Daseins war erblaßt, auch die feierlichen Stimmen der großen Kanzelredner Bossuet, Bourdaloue, Flechier verstummten! König in Frankreich war der Pater La Chaise, Königin in Frankreich war Franziska d'Aubigné, die Witwe Paul Scarrons. Die Schutzherrschaft über das Land nahm man dem heiligen Michael und gab sie der Jungfrau Maria, wie man sie vorher dem heiligen Martin und vor diesem dem heiligen Denis genommen hatte. Schaffe Geld, schaffe Geld, Geld, Geld, o heilige Jungfrau Maria! Schaffe Geld, holde Schutzherrin, Geld zum Kampf gegen deine und unsere Feinde! Schaffe Geld und abermals Geld und wiederum Geld, süße Mutter Gottes! Schaffe Geld, Geld, Geld, o Schutzpatronin von Frankreich und Versailles, Marly und Trianon!

Wiederum war ein Staatsrat gehalten worden zu Versailles über die besten Mittel, Geld zu bekommen, und niemand hatte Rat gewußt; weder Pontchartrain, noch Pomponne, noch du Harlay, Barbezieux, d'Argouges, d'Agnesseau. Wohl war manche neue Steuer vorgeschlagen worden; doch ohne zu einem Resultat gelangt zu sein, hatte Louis der Vierzehnte seine Räte entlassen müssen. Verstimmt im höchsten Grade, ratlos bis zur Verzweiflung schritt er auf und ab in seinem Gemach und seufzte:

„O Colbert, o Louvois!"

Der König von Frankreich befand sich vollständig in der Seelenstimmung Sauls, des Königs der Juden, als er Verlangen trug nach dem Geiste Samuels, des Hohenpriesters.

Dazu war die Frau Marquise nach Saint Cyr zu ihren jungen Damen gefahren, und der Vater La Chaise gab einigen Brüdern in Christo in der Vorstadt Saint Antoine in seinem Hause ein kleines Fest. Armer, großer Louis! zu seinem letzten Mittel mußte er greifen, um sich zu zerstreuen; — Fagon, sein Leibarzt, wurde gerufen. In der Unterhaltung mit diesem klugen Manne ging dem Monarchen, freilich doch langsam genug, dieser trübe Oktobernachmittag des Jahres 1703 hin, und zuletzt kam auch Madame von Maintenon zurück. Der König seufzte auf, gleich einem, der von einer schweren Last befreit wird; Fagon machte seine Verbeugungen und entfernte sich, ebenfalls höchlichst erfreut über seine Erlösung.

Im klagenden Tone erzählte nun der König seiner Ratgeberin von seiner trüben Nachmittagsstimmung, von seiner Sehnsucht nach ihr, seiner einzigen Freundin, von der Dummheit der Ärzte und von der vergeblichen Ratssitzung.

„Sire," sagte die Marquise lächelnd, „ich bin Eure demütige Dienerin; die besten Ärzte sind die, welche die Seele zu heilen verstehen, was aber die Ratlosigkeit Eurer Räte betrifft, so ist hier ein Billett, welches die Mittel angibt, dem Staat Geld zu schaffen. Von unbekannter Hand wurde es mir in den Wagen geworfen. Leset es, Sire, wir haben schon einmal über den Mann gesprochen, von dem es handelt."

Der König nahm das Schreiben und überflog es.

„Vinacche?! der Goldmacher!" murmelte er und zuckte die Achseln.

„Ich höre Erstaunliches über den Mann," meinte die Marquise. „Sein Luxus geht ins Grenzenlose. Die größten Herren Eures Hofes, Sire, gehen bei ihm ein und aus. Der Herzog von Brissac hat mir neulich stundenlang von dem geheimnisvollen Menschen gesprochen. Neulich war auch Madame von Chamillard bei mir; sie steht in Verbindung mit dem reichen holländischen Bankier van der Hultz. Auch dieser Mann soll vollständig überzeugt sein, Monsieur de Vinacche habe das Projektionspulver gefunden, Monsieur de Vinacche mache in Wahrheit Gold."

„Ach, Marquise, von wie vielen haben wir das geglaubt!"

„Sire, wäre ich an Eurer Stelle, ich würde d'Argenson beauftragen, diesen Italiener etwas genauer zu beobachten."

Der König zuckte abermals die Achseln und gab das Billett zurück.

„Wenn d'Argenson das für nötig hält, so mag er seine Anordnungen treffen; — ich will nichts damit zu tun haben. Was beginnen Eure Fräulein zu Saint Cyr, Marquise?"

Nachdem der König das Gespräch auf eine andere Bahn geleitet hatte, war es vergeblich, von neuem den verlassenen Punkt zu berühren; aber die Marquise schob das Billett in ihre Tasche und faßte einen Beschluß. Am andern Tage schickte sie ihren Stallmeister Manceau in die Gasse Saint Sauveur zu Vinacche, unter dem Vorgeben: er solle

Diamanten kaufen für eine fremde Prinzessin. Manceau, von seiner Herrin bestens instruiert, ließ nichts in dem Hause des Alchymisten außer Augen und erzählte nachher Wunder von der Pracht und dem Glanze, die darinnen herrschten. Pferde, Gemälde, Silbergeschirr, Meubles, alles taxierte er, wie ein Auktionskommissär; auf seine Frage nach Juwelen antwortete aber Vinacche, er besitze deren wohl sehr schöne, aber er handle nicht damit.

Fast schwindelnd von dem Geschauten kam der Abgesandte der Marquise nach Versailles zurück und stattete seiner Herrin Bericht ab. Einige Tage nachher wurde Stefano Vinacche selbst nach Versailles beschieden und daselbst sehr höflich und zuvorkommend von Herrn von Chamillard empfangen! Ein langes Gespräch hatten die beiden Herren miteinander, und hinter einem Vorhange lauschte die Marquise von Maintenon demselben. Aber aalglatt entschlüpfte Vinacche jeder Frage, die sich auf seine große Kunst bezog; er nahm Abschied und bestieg seine Karosse wieder, ohne daß die Marquise und Chamillard ihrem Ziel im geringsten nähergekommen wären.

„Lassen wir d'Argenson kommen!" sagte Frau von Maintenon. „Um keinen Preis darf uns dieser Mann entgehen."

Monsieur de Chamillard verbeugte sich bis zur Erde, und — d'Argenson ward gerufen.

V.
Das Ende.

nd Monsieur d'Argenson streckte seine Hand aus; — es fiel ein schwarzer Schatten über das glänzende, fröhliche Leben in der Gasse Saint Sauveur; nach allen Seiten hin zerstob das Getümmel der vornehmen, reichen und geistreichen Gäste. Die Flucht nahmen die Herzöge, die Marquis, die Chevaliers, die Abbés, die Poeten. Wer durfte wagen, da zu weilen, wohin Monsieur d'Argenson den Fuß gesetzt hatte?

Aus dem Nebel ragt düster drohend die Bastille! Sie halten den Stefano Vinacche, auf daß ihnen sein köstliches Geheimnis „nicht entgehe", und — am 22. März 1704, einem Sonnabend — scharren sie ihn ein auf dem Kirchhof von Sankt Paul, unter dem Namen E t i e n n e D u r a n d.

Wer hat je das Genie durch Gewalt gezwungen, seine Schätze mitzuteilen?

So liest man in den Registern der Bastille:

„In der Nacht vom Mittwoch auf den grünen Donnerstag, als am 20. März 1704, morgens um ein Viertel auf zwei Uhr verschied in Nummer drei der Bertaudiere Monsieur de Vinacche, ein Italiener, in der Gegenwart des Schließers La Boutonnière und des Korporals der Freikompagnie der Bastille, Michel Hirlancle. Nach dem Tode des Gefangenen gingen die beiden Wächter, Monsieur de Rosarges davon zu benachrichtigen, und erhob sich dieser und verfügte sich in die Zelle des Sieur Vinacche, welcher sich selbst getötet hat, indem er sich gestern, als am Mittwoch, ungefähr um zwei Uhr nachmittags mit seinem Messer die Kehle unter dem Kinn zerschnitt und sich also eine sehr große und weite Wunde beibrachte. Obgleich ihm alle mögliche Hilfe geleistet wurde, konnte man ihn doch nicht retten. Da der Sterbende einige Zeit hindurch das Bewußtsein wieder erlangte, so hat unser Almosenierer sein Bestes getan, ihn zur Beichte zu bewegen, jedoch ganz und gar vergeblich. Gegen neun Uhr abends habe ich Monsieur d'Argenson von dem Unglück Nachricht gegeben, und ist derselbe in aller Eile sogleich erschienen, um zu dem Sterbenden zu reden, jedoch auch ihm hat der Unglückliche keine Antwort gegeben.

In diesem Schlosse der Bastille 20. März 1704.

Dujonca,
Königsleutnant in der Bastille.

Wohl mochte nachher d'Argenson in seinem Bericht an Chamillard von *„billonage"*, von Kipperei und Wipperei sprechen, es glaubte niemand daran, selbst der Berichterstatter glaubte nicht daran; man brauchte nur eine Rechtfertigung dem aufgeregten Publikum gegenüber. Zu Versailles wirkte die Nachricht von dem Tode Stefano Vinacches gleich einem Donnerschlag; der König Ludwig der Vierzehnte wurde darob ebenso zornig und niederschlagen, wie später in demselben Jahre über die Kunde von den Niederlagen auf dem Schellenberge und bei Höchstedt. Die Frau Marquise und die Herren de Chamillard und d'Argenson hatten einige bittere Stunden zu durchleben; aber was half das? Stefano Vinacche war tot und hatte sein Geheimnis mit in das Grab genommen!

Der Witwe des Unglücklichen meldete man offiziell, ihr Gemahl sei in der Bastille am Schlagfluß verschieden; sie blieb im ungestörten Besitze aller der auf so geheimnisvolle Weise erworbenen ungeheuren Güter. Der alte Bericht, dem wir dieses seltsame Lebensbild nacherzählen, vergleicht den gemordeten Stefano mit jenem Künstler, welcher dem Imperator Tiberius ein köstliches Gefäß von biegsamem, hämmerbarem Glas überreichte. Der Kaiser bewunderte die vortreffliche Erfindung und fragte, ob dieselbe schon andern Menschen bekannt sei, welches der Künstler verneinte. Auf diese Antwort hin ließ der Tyrann dem genialen Erfinder den Kopf abschlagen und die Werkstatt desselben zerstören, damit nicht „Gold und Silber gemein und wertlos würden, wie der Kot in den Gassen von Rom".

„*Par notre Dame de Miracle*, Madame, Euer Gemahl war ein großer Mann," sagte der Herzog von Chaulnes zu der trauernden Witwe Stefanos, „Euer Gemahl war in Wahrheit ein großer Mann; aber e i n e n Fehler hatte er, er war zu verschwiegen! Wie oft hab' ich ihn beschworen, mir sein großes Geheimnis anzuvertrauen, — Madame, auf meine Ehre, Monsieur Etienne war zu verschwiegen, viel zu verschwiegen."

„O Madame, Madame, die Welt ist nicht so beschaffen, daß sie ein großes Genie in sich dulden könnte!" sagte zur Frau Vinacche der Dichter Jean Baptiste Rousseau, der Freund Stefanos. „Madame, die Welt kann das Talent nur töten, und es gibt nur einen Trost:

c'est le même Dieu qui nous jugera tous!"

„Liebste Schwester," sagte der Graf d'Aubigné zur Marquise von Maintenon, „liebste Schwester, in meinem Leben habe ich noch nichts erfunden, wohl aber traue ich mir viel Geschick zu, die Erfindungen anderer Leute herauszuholen. Ihr wißt das ja; *mon Dieu*, weshalb habt Ihr mir nicht diese Geschichte mit dem Italiener überlassen? Das war kein Charakter für die Kunst Monsieur d'Argensons."

Die Frau Marquise seufzte, zuckte die Achseln und griff nach ihrem Gebetbuch, Mademoiselle La Caverne, ihre

Kammerfrau, meldete: Seine Majestät verfüge sich soeben in die Messe. Graf d'Aubigné, welcher „sich wegen seiner Schwester Regierung einbildete, er sei die dritte Person in dem Königreiche", ließ die Unterlippe herabsinken und legte sein Gesicht in die frömmsten Falten.

„Gehen wir, mein Bruder," sagte die Marquise. „Wir wollen beten für die Seele dieses unglücklichen Monsieur de Vinacche und bitten, daß Gott uns seinen Tod nicht zurechne."

Ein Besuch

s war schon Dämmerung, als der Besuch kam; so sehr Dämmerung, daß es uns unmöglich ist, zu sagen, wie der Besuch aussah. Es ist uns überhaupt nicht leicht gemacht, hierüber ganz deutlich zu werden. Helfen uns die Leserinnen selber nicht dabei, so werden wir auf diesem Blatt Papier mit Feder und Tinte wenig ausrichten.

„Wieder ein Tag, Johanne, in Einsamkeit und mühseliger, geringen Nutzen bringender Arbeit; und zu der Arbeit trübe Gedanken den ganzen Tag über. Wegplaudern kann ich dir deine Sorgen nicht; da habe ich Schwestern, die das besser verstehen. Ich kann nur hier und da eine Stunde bei dir verweilen; laß mich das jetzt, vielleicht ist dir wohler nachher. Hast auch wohl schmerzende Augen von dem ewigen Schaffen so spät in den Jahren? Die darfst du dreist zumachen, derweil ich bei dir bin. Nur keine unnötigen Höflichkeiten unter Freunden. Laß dich gehen, ich lasse mich auch gehen und lege mir niemandes wegen Zwang an, und viel Zeit habe ich nie, das wißt ihr ja alle, die ihr mich dann und wann unter euerer übrigen Bekanntschaft in der Welt bei euch seht. Wo warst du eben, Johanne?"

„Sie feierten ein Fest heute drunten im Hause, daran habe ich gequält, widerwillig teilnehmen müssen. Es war so viel Wagenrollen in der Gasse und vor dem Hause, die Leute waren so laut; es drang so viel lustiger Lärm zu mir herauf. Es war töricht: aber ich ließ mich von meiner Phantasie hinabführen zu meiner jungen, reichen, glücklichen Hausgenossin; und da wurde mein Schicksal bitterer, ich war den Tag über unzufriedener denn je mit meinem Lose; ach, da es nun wieder stiller geworden ist, will ich es nur gestehen: ich war recht böse den Tag über, voll Mißgunst, Neid und Eifersucht. Es war sehr unrecht."

„Ja freilich, du bist arm, und deine Hausgenossin ist reich; du bist alt geworden, und deine Hausgenossin ist noch jung. Niemand kommt zu dir als von Zeit zu Zeit ich, und jene führt das lebendigste Leben. Daran kann ich nichts ändern, nicht den kleinsten Stein des Anstoßes in der Körperlichkeit der Dinge kann ich dir aus dem Wege räumen; — aber wie wäre es, wenn du dessenungeachtet jetzt doch einmal einige Wege mit mir gingest — die ich dich führe?"

Da die Frau Johanne jetzt lächelt, ist sie schon auf diesen Wegen mit ihrem Besuch — dieser seltsamen Besucherin, die nicht plaudert, wenige Neuigkeiten weiß, sondern nur von Zeit zu Zeit die Hand oder auch nur den Zeigefinger erhebt. Frau Johanne hat dabei auch dem andern Rat ihres stillen Gastes Folge gegeben; sie hat die Augen geschlossen. Bei geschlossenen Augen sagt sie: „Ja es ist unrecht, und es nützt auch nichts, andern ihr Glück oder vielleicht auch nur den Schein des Glückes zu mißgönnen. Das Leben geht so rasch hin, und es wird so schnell Abend aus Morgen allen Leuten!

Ist es nicht wie gestern, als es auch noch in meinem Leben Morgen war? als ich so jung war wie diese junge Nachbarin und auch über schöne Teppiche schritt? als die Wagen auch vor meiner Tür hielten und die Gäste zu mir kamen? als meine Gestalt aus dem Pfeilerspiegel im Festkleide mir zulächelte und Richard mir über meine Schulter zuflüsterte, was der Spiegel mir sagte?

Hab' ich damals, an meinem Morgen, in meinem Frühling, in meiner Jugend viel daran gedacht, wie die Leute über meinem Haupte, unter meinen Füßen, die Nachbarn gegenüber lebten, und ob sie weniger jung, sorgenlos und glücklich als ich waren?"

„Siehst du, es wandelt sich gut an meiner Hand," nickte der Besuch. „Nur weiter, komm nur weiter, wir sind auf dem ganz richtigen Wege. Es ist nur, weil man in der mißmutigen Stunde nicht recht seine Gedanken zusammennehmen kann, daß man seine Tage so regenfarbig, seine Nächte so dunkel und sternenlos sieht. Was zeigte dir dein Spiegel noch außer deiner Gestalt im Haus- und im Festkleide und den Bildern deiner nächsten Umgebung?"

Frau Johanne legt das Haupt in ihrem Stuhl zurück und die Hand auf die Stirn. Sie sitzt wieder vor ihrem hohen, vornehmen Spiegel, den Rücken gegen die Fenster gewendet. Aber aus dem zerbrechlichen Glase und der so leicht verwischbaren Folie von damals ist in Wahrheit ein Zauberspiegel geworden, aus dem sich wesenhaft, greifbar, voll Leben und Wirklichkeit die Hoffnung, der Trost, das beste Glück ihrer Witwenschaft, ihrer Kinderlosigkeit, ihres Alters loslösen.

Es sind aber nicht die Abbilder ihrer nächsten Umgebung, die Möbel, Wände, Gemälde, Teppiche und Vorhänge ihres damaligen Gemaches, die sie nun mit ihren geschlossenen Augen wiedersieht. Es ist das Stück der Gasse, das gegenüberliegende Haus, das damals in den goldenen Rahmen zufällig mit hineinfiel und nun wieder lebendig in ihm leuchtet, nachdem Glas und Folie längst zersplittert und verwischt sind, wie Glanz und Glück jener lange vergangenen Tage.

„Ich denke, wir wagen es noch einmal, folgen unserm guten Einfall und schlüpfen hinüber zu der unbekannten Nachbarin. Was meinst du, Johanne?"

„Ein Einfall!" murmelt die Frau Johanne. „Nur ein seltsamer

Einfall — *un concetto, una fantasia strana,* wie die Italiener sagen. Und mir vielleicht auch nur darum möglich, weil ich eben erst mit Richard von unserm schönen langen Aufenthalt in Italien nach Hause gekommen war. Dort, in Italien, folgen die Leute viel leichter als hier bei uns ihren Einfällen und schlüpfen so über die Gasse und halten gute Nachbarschaft, zumal wenn sie sich vom Fenster oder — Spiegel aus schon längst kennen und unser Gatte einmal gesagt hat: ,Der Mann der hübschen kleinen Frau im blauen Kleide da drüben ist einer unserer besten, talentvollsten Unterbeamten, Johanne; das Weibchen mit seinem Kindchen ist wirklich allerliebst, schade, daß sie nicht zu uns gehören, d. h. nicht in unsere Gesellschaftskreise passen.'"

„Ja, was würde aus euerer Welt werden, wenn ich nicht immer von neuem, zu jeder Zeit und überall eure närrischen Kreise störte und euch zusammenbrächte im Wachen und im — Traum? Nur weiter, immer weiter, Johanne. Die Nachbarin wohnt in keinem vornehmen Hause; die Treppen, die zu ihr hinaufführen, sind steil und dunkel; aber wir sind auf dem rechten Wege — ganz auf dem rechten Wege!"

„Auf dem rechten Wege! Wie kommst du eigentlich hierzu, Johanne?" habe ich mich noch auf der steilen dunkeln Treppe gefragt. „Ihr habt euch ja noch nicht einmal zugenickt und noch weniger je ein Wort miteinander gesprochen. Wie wäre das auch möglich gewesen bei so vielem andern gesellschaftlichen Verkehr?"

„Das weiß ich am besten, von welchen Kleinigkeiten alles abhängt," sagt der Besuch. „Törichtes Menschenvolk! wo bliebet ihr, wenn nicht ich aus dem Kern den Baum, aus dem Funken das Licht, aus dem Hauch den Sturm machte? Dein Blut war noch abenteuerlich unruhig von den bunten Erlebnissen in der Fremde; du hattest viel gähnen müssen an jenem Tage; leugne es nicht, Johanne, du warst eigentlich in keiner angenehmen Stimmung, trotzdem daß du noch jung, reich und eine Schönheit warst. Zu verbraucht, alltäglich, gewöhnlich, abgenutzt und gering erschien dir alles in der behaglichen Heimat um dich herum."

„Und Richard hatte mir jetzt gesagt: Unsere Nachbarin hat Unglück während unserer Abwesenheit gehabt; der Mann ist ihr gestorben; wir werden nicht leicht einen so guten Arbeiter wieder bekommen. — Da sah ich sie statt im blauen oder rosa Kleide in einem schwarzen am Fenster, bleich und kummervoll. Und sie trug ihr Kind auf dem Arme, ihr armes verwaistes Kindchen, und da —, da nickte ich ihr zu von meinem Fenster; und da —, da bin ich zu ihr gegangen!"...

Und nun ist sie wieder bei ihr, die Träumende, — die Freundin bei der Freundin, und die Zeiten — die Stunden, Tage und Jahre vermischen sich wunderbar im süß-melancholischen Dämmerungstraum. Der Besuch könnte nun wohl gehen — o wie lebendig, wie lebendig ist alles nun im Traum!...

Im Traum. Die alte Frau schläft in ihrem Stuhl nach dem arbeitsvollen mühsamen Tage. Sie denkt nicht mehr über die Vergangenheit; sie träumt von ihr und süß und friedlich; denn der Besuch hatte ihr ja vorher leise, beruhigend die Hand auf die furchenvolle Stirn gelegt.

Nun ist der Raum um sie her nicht mehr beschränkt und niedrig, nun sind die Gerätschaften nicht mehr ärmlich und abgenutzt; denn im gleichen Stübchen und unter gleichem Geräte führte ja die beste Freundin ihrer Jugend ihr l i e b e s , stilles Leben. Zu solchem Stübchen schlich sie aus dem Glanz und der Fülle des eigenen Daseins, und alles ist im Traum wie damals um sie her.

Wie viele Jahre gehen vorüber während der kurzen Augenblicke, in denen sie jetzt die Augen geschlossen hält? Wechselnde Schicksale — viel Sorge und Angst im Mittage des Lebens auch im eigenen Hause. Was ist noch übrig von alledem, was damals war? Wo sind die hohen Spiegel, die Purpurvorhänge, die weichen Teppiche — die Freunde, die Bekannten der Jugend? Ist doch der eigene Gatte so lange schon tot und die eigenen Kinder; und auch die Freundin schläft ja nun lange schon unter ihrem grünen Hügel und steigt nur dann und wann daraus hervor in der E r i n n e r u n g und im T r a u m, und lächelnd, tröstend und Geduld anratend zumeist auch nur dann, wenn vorher der Besuch gekommen ist, den die Greisin, die arme alte Frau Johanne, bei ihrer späten, beschwerlichen Lebensmühe wie in der Dämmerung des heutigen Abends bei sich empfangen hat.

Von all den guten Freunden, den lieben Bekannten ist niemand übrig, ist niemand treu als das Kind, das einst die Träumerin zum erstenmal hinüberzog aus ihrer Lebensfreude und dem Glanz ihrer Jugend zu dem Leid der jungen Nachbarin im schwarzen Kleide. Und dieses Kind ist erwachsen, ist auch eine verheiratete Frau und weit in der Ferne. — — —

Horch, ein Schritt auf der Treppe.

Ist es die Stimme des Besuchs, welche die Frau Johanne noch in ihrem Traume vernimmt: „Nun gehe ich und lasse dich der Wirklichkeit. Wie gern käme ich zu allen so wie zu dir in den bösen Stunden des Erdenlebens, wie gern hülfe ich allen so wie dir hinweg über die dumpfen Pausen zwischen euern Schicksalen; wenn ich nur nicht so oft vor die verschlossene Tür käme. In den Büchern heiße ich eine vornehme Frau; mit einem großen Gefolge hoher Söhne und Töchter schreite ich durch die Jahrtausende, aber gern sitze ich nieder zu den Kindern, den Armen, den Bekümmerten — mit Freuden komme ich zu denen, die aus Büchern nur wenig oder nichts von mir wissen. Nun lebe wohl, du närrisch alt Weiblein, lache und weine dich aus in dem Glück der

Gegenwart und Wirklichkeit und halte mir deine Tür offen; ich klopfe nicht gern lange vergeblich."...

Es war nur der Briefträger, dessen Schritt man auf der Treppe gehört hatte. Der Brief aber, den er der Frau Johanne brachte, lautete freilich trotz der ganzen, vollen Wirklichkeit, die er verkündete, wie Glockenklang und Jubelruf aus Dichtung und Wahrheit.

„Meine liebe andere Mutter, ich bin so glücklich — Franz ist daheim! Gesund und so bärtig wie ein Bär und so sonnenverbrannt — entsetzlich! Aber es hat ihm, Gott sei Dank, nichts geschadet, und ich bin so glücklich, so glücklich! Gestern sind sie eingezogen, und es war so wundervoll, und ich hatte einen so guten Platz. Ich brauchte den Leuten vor mir nur zu sagen: ich habe ja auch meinen Mann darunter, und sie trugen mich fast auf ihren Armen in die erste Reihe. Und wir — ich und viele Hunderte und Tausende von meiner Sorte, hätten fast den ganzen Effekt gestört. Das war ja aber auch nur zu natürlich, und kein Feldmarschall und sonstiger großer General und Prinz durfte etwas dagegen einwenden. Ich hing ihm unter den Trommeln und Trompeten, den Pferden und Bajonetten am Halse, und wie ich nachher nach Hause gekommen bin, weiß ich nicht. Nun habe ich ihn aber selber wieder zu Hause — ganz und heil zu Hause: es lebe der Kaiser und mein Mann und mein Kind und du, mein liebes zweites Mütterchen! Und nun höre nur, über acht Tage sind wir alle bei dir, — er, Franz, muß dir ja sein Eisernes Kreuz zeigen und ich dir unsern Jungen und meinen tapfern Ritter und Landwehrmann, den sie mir so unvermutet mitten im vorigen Sommer von seinem Zeichen- und meinem Nähtisch wegholten und für das Vaterland ins fürchterlichste Kanonenfeuer stellten. Was haben wir ausgestanden, Mama! Da war es ja noch ein Segen, daß der Junge noch zu klein und dumm war, um schon mit einsehen zu können, was der

Mensch an Ängsten und Sorgen auf der Erde und im Kriege aushalten muß und kann. Aber eins hat er auch noch zuwege gebracht, und das ist herrlich — ich meine der Krieg und nicht unser Junge natürlich — ach, ich bin immer noch so konfus und habe es wie tausend Glocken im Ohr und wie Ameisen in allen Gliedern! nämlich die Privatingenieure sind im Preise gestiegen, und unser Weizen blüht endlich auch einmal. — Darüber werden wir denn recht eingehend reden in acht Tagen in deinem lieben Stübchen; du sollst und darfst uns nun nicht mehr so einsam und allein sitzen, jetzt, da es uns so gut geht und noch viel besser gehen wird, was wir aber um Gottes willen ja nicht berufen, sondern ja bei dem Wort dreimal unter den Tisch klopfen wollen! Wir haben alle so viel ausstehen müssen und einander so wenig helfen können; aber nun soll's anders werden, sagt Franz. Eine bessere Stelle haben wir schon, nämlich Franz, und dies hat sich schon mitten im Kriege gemacht, wo merkwürdigerweise nicht bloß Leute zusammengeraten, die sich auf den Tod hassen, sondern auch solche, die einander recht gut gebrauchen können. Nun sagt er, jetzt gäbe er nicht mehr nach, und sollte er noch dreimal so lange wie vor dem schrecklichen Metz vor dir in die Erde gegraben liegen und dich belagern müssen. Er erzählt furchtbare Dinge von seiner Hartnäckigkeit und neugewonnenen Erfahrung in dergleichen Kriegskunststücken; und er behauptet, es wäre gar kein Zweifel, jetzt kriegte er dich — wir kriegten dich! O könnten wir's dir doch zum tausendsten Teil vergelten, was du so viele kümmerliche Jahre durch bis in unsere Brautzeit und bis zu unserer Heirat an uns getan hast!

Ich glaube meinem Manne natürlich auf sein Wort, daß du jetzt zu uns kommen wirst, aber ich verlasse mich eigentlich doch noch mehr auf meinen Jungen. Was soll das arme Kind ohne dich anfangen, Großmütterlein; jetzt, wo es anfängt zu laufen und ich doch nicht ewig aufpassen kann? Großmütterchen, du gehörst zu unserm Richard wie die Stadt Metz wieder zum Deutschen Reich, was aber eine recht schlechte Vergleichung ist; ich kann aber nichts dafür, weil ich als jetzige glorreiche Kriegsfrau so kurz nach den vielen Siegen und Eroberungen mich nur in solchen Vergleichungen bewegen kann und übrigens auch eben keine andere wußte.

Wir mieten natürlich eine größere Wohnung, und es wird ein Leben wie in Frankreich, wo es freilich, wie Franz meint, die letzte Zeit durch kein gutes Leben gewesen ist, was also eigentlich wieder nicht paßt. Nein, wir wollen leben in Deutschland, wie ich es mir als das Schönste denke; und denke du dir es auch so lieb, als wenn alle Dichtung auf Erden, wenn du diesen Brief bekommst, eben zum Besuch bei dir gewesen wäre und dich leise auf unsere Pläne und Absichten mit dir vorbereitet hätte, daß dir der Schrecken nichts schade! Was ich dir eigentlich schreibe, weiß ich gar nicht, und den Jungen habe ich auch beim Schreiben auf dem Schoße. • Dieser Klex kommt auf seine Rechnung, denn greift er mir nicht in die Frisur, so führt er mir mit die Feder.

Und nun nichts mehr; denn in acht Tagen sind wir bei dir; und obgleich ich hier jetzt an keiner Stunde am Tage was auszusetzen finde, so wollte ich doch, daß es erst über acht Tage wäre, um dir Auge in Auge, Mund auf Mund sagen zu können, wie ich bis in den Tod dein dankbares Kind bin und bleibe, du meine zweite Herzensmutter!"...

Die Frau Johanne hat viel Unglück im Leben gehabt. Eigene Familie hat sie nicht mehr, ihr Mann ist tot, ihre Knaben sind ihr schon als Kinder genommen, ihren Wohlstand hat sie auch verloren, und doch gibt es keine andere Frau in der Stadt, die in dieser Stunde so glückliche Tränen weint wie diese, welche nie dem Besuch, der in der Dämmerung bei ihr war, die Tür verschloß, und die an seiner Hand in den Traum sich leiten ließ, bis die Wirklichkeit anklopfte und ihr die reife liebliche Frucht jenes „Einfalls" und Nachbarschaftsbesuchs der Tage der Jugend in den Schoß legte.

Auf dem Altenteil
Eine Silvester-Stimmung

I.

ie hatten den Senioren der Familie alle Ehre angetan, wie sich das denn auch wohl so von Rechts wegen gebührte; aber der Lärm wurde den weißhaarigen Herrschaften allmählich doch ein wenig zu arg. Die alte Dame, die immer noch um ein paar Jahre jünger war als der alte Herr, hatte dem letzteren ein ihm schon längst wohlbekanntes kopfschüttelnd Lächeln gezeigt, welches weiter nichts bedeutete als:

„Kind, Kind, bedenke den Morgen und deinen Rheumatismus! Es hat alles seine Zeit, und ich glaube, die unsrige ist jetzt vorhanden."

Der alte Herr hatte zuerst ganz erstaunt aufgesehen und sein Weib an: Nicht mehr bis Mitternacht, und in das neue Jahr hinein? Ei, ei, ei — hm!

„Hm," sagte der alte Herr, in dem fröhlichen Kreise erhitzter Gesichter umherblickend; „es hat freilich alles seine Zeit; aber es ist sonderbar, und, liebe Kinder, es kommt einem ganz kurios vor, wenn auch dieses — zum erstenmal Zeit wird!"

Dabei hatte er sich aber bereits etwas mühsam aus seinem Sessel erhoben. Den Kopf schüttelte er auch; jedoch ohne dabei zu lächeln wie seine Frau.

„Du hast recht, Anna; es ist unsere Zeit gekommen, und so wünsche ich, wünschen wir euch jungem Volk —"

Von einem Gewissen war bei diesem „jungen Volk" natürlich

nicht die Rede. Dazu waren sie sämtlich (auch die Ältesten unter ihnen) noch viel zu jung, und viel zu vergnügt und viel zu aufgeregt durch die uralten, ewig jungen Stimmungen der letzten Stunden des scheidenden Jahres. Ein Gewühl von blonden und braunen Köpfchen und Köpfen, von Händen und Händchen erhob sich um die beiden Greise; und alle Verführungskünste, deren die Menschheit in ihrer Erscheinung als Familie in der Silvesternacht fähig ist, waren zur Anwendung gebracht worden.

Einmal noch schadete es sicherlich gewiß nicht!... Großpapa und Großmama hatten noch nie so munter ausgesehen!... Es ging ja niemand zu Bett vor Mitternacht, selbst die Jüngsten nicht!...

„Nun, Mutter! Einmal noch? Was meinst du?" Kleine weiße Händchen — weiße beringte Hände hatten ihre Verführungskünste nicht ohne Erfolg versucht; nun legte sich statt anderer Antwort auf die Frage des alten Herrn wieder eine Hand auf die seinige. Das war aber keine weiche, keine weiße, keine kräftige mehr; aber eine starke und treue war es auch; vielleicht wohl die stärkste und treueste.

„Die Großmutter hat recht! Es hat alles seine Zeit, und die unsrige ist gekommen. Junges Volk, wir werden zu Bette geschickt von ihr, der Madame Zeit, während die Jüngsten aufbleiben dürfen. Der Kopf summt uns zu sehr morgen früh, wenn wir uns dagegen sperren und wehren; und es ist zwar hübsch von Großmama, wenn sie nur von Rheumatismus spricht; aber das rechte Wort ist es eigentlich nicht. Sie hätte ganz dreist Gicht sagen können, gerade so gut wie der Herr Schwiegersohn und *Doctor medicinae* da hinter seinem Punschglase, wenn er jetzt ein Gewissen hätte. Liebe Kinder, wir sind beide über siebenzig Jahre alt, und —"

„Oh!..."

„Und wir sind sehr glücklich und behaglich. Sehr wohl ist uns zumute und so wünschen wir euch allen zum erstenmal vor Ablauf des alten Jahres ein glückliches neues.... Bitte, lieber Sohn, ich weiß, was du sagen willst; aber wende dich damit an die Mama, die wird dich versichern, daß deine Frau, unsere liebe Sophie da, heute über dreißig Jahre sicherlich gleichfalls viel verständiger sein wird, als du. Wende dich an deine Mutter, mein Schmeichelkätzchen Marie. Sie hat immer gemeint, du seiest ganz ihr Vorbild, also wirst du wohl wissen, was in vierzig Jahren in der Neujahrsnacht deine Meinung sein wird, wenn die unverständige Jugend dir deinen Mann da verführen will. Schieben Sie die Kinder nicht so heran, lieber Schwiegersohn, sie machen der Großmama nur das Herz schwer. Es ist Zeit geworden für uns; — — — ein fröhliches, segensreiches Jahr ihr — alle!..."

„Alle!" jubelten sie, und die Gläser hatten geklungen, und die Kinder, die Enkel hatten sich zugedrängt und ihre kleinen Becher hingehalten, ohne daß man sie dazu zu schieben brauchte. Sie hatten sehr gejubelt; und die Tonwellen der Gläser und der Stimmen waren verklungen.

„Nun seid weiter vergnügt; aber die Kinder laßt ihr mir morgen ausschlafen. Begleitung nehmen wir nicht mit, die Trepp' hinauf. Wir finden unseren Weg schon allein, nicht wahr, Walter?" sagte die alte Dame, die Großmutter des Hauses.

II.

ie entschlüpften, wie man entschlüpft, wenn man das siebenzigste Lebensjahr hinter sich hat. Langsam stiegen die beiden die teppichbelegte Treppe in ihre Stube hinauf, der Greis gestützt auf den Arm der Greisin; und dann waren sie allein miteinander, noch einmal allein miteinander in der Neujahrsnacht.... Umgesehen hatten sie sich nicht auf der Treppe und einen leisen Schritt, einen Kinderschritt, der ihnen nachglitt, den hatten sie überhört. Ein so scharfes Ohr, wie vor Jahren, hatte keins von den zwei Alten mehr; aber diesen Schritt, diesen Geister-Kinderschritt würde auch wohl jedes andere jüngere Ohr überhört haben. —

Auf dem Altenteil! Das kann eines der bittersten Worte sein, die das Schicksal den Menschen in dieser Welt zuruft; aber auch eines der behaglichsten. Für diese beiden Alten war es nach langer schwerer, mühseliger Arbeit ein behagliches geworden. Sie fanden ihre Gemächer durch ein verschleiertes Lampenlicht erhellt, ihre beiden Lehnstühle an den warmen Ofen gerückt und:

„Mit dem Schlage Zwölf komme ich doch und poche an eurer Kammertür und spreche meinen Wunsch durchs Schlüsselloch. Ihr braucht aber nicht darauf zu hören; ich schicke ihn euch auch in den Schlaf hinein!" hatte das jüngste und am jüngsten verheiratete Töchterlein als letztes Wort im Festsaale da unten gesagt.

„O mein Gott, da sitzt ihr noch?" rief dieselbe junge Frau

unter dem Glockenklang und dem Neujahrschoral von den Türmen, unter dem plötzlich aufklingenden Gassenjubel und dem Jubel der Kinder und Enkel in dem Saale des Hauses. „Das ist doch ganz wider die Abrede, und heute übers Jahr werden wir euch da unten bei uns fester halten, ihr Lieben, Bösen, Besten!... Ein glückliches neues Jahr, Großpapa! ein glückliches neues Jahr, Großmama!"

Da stand ein niedrig lehnenloses Sesselchen mit einem verblaßten gestickten Blumenstrauß darauf neben den zwei Stühlen der Greise. Die junge Frau, nachdem sie den Vater und die Mutter mit ihren Küssen fast erstickt hatte, saß nieder auf dem kleinen Stuhl und hatte keine Ahnung davon, wer eben vor ihr darauf gesessen und die Mutter und den Vater gegen die Abrede und gegen ihren eigenen festen Vorsatz wach gehalten hatte über die Mitternachtsstunde hinaus und aus dem alten Jahr in das neue hinein! Mit leise bebender Hand strich die alte Frau die blonden Haare der Tochter aus dem lebensfreudigen, glühenden, erhitzten Gesichte. Die blonden Locken, die sich eben vor ihr ringelnd bewegt hatten, waren schon vor vierzig Jahren zu Staub und Asche geworden: die junge Frau wußte nichts von ihnen, oder doch nur gerüchtweise. Lange vor ihrer Geburt war das erste, das älteste Kind gestorben, zwölf Jahre alt. Ein halbverwischtes Pastellbildchen, das über der Kommode der Mutter, der Großmutter des Hauses, hing, war alles, was von ihm übrig geblieben war in der Welt.

Alles?

III.

in leiser Schritt, ein unhörbarer Schritt; — ein Geister-Kinderschritt in der Silvesternacht!... Wir haben gesagt, daß die beiden Greise vor einer Stunde die Treppe zu ihren Gemächern hinaufgestiegen und ihn, wie wir übrigen alle, nicht vernahmen. Ganz war es doch nicht so.

Als der alte Herr der alten Dame mit immer noch zierlicher Höflichkeit die Tür öffnete, um sie zuerst über die Schwelle treten zu lassen, hatte die Frau einen Augenblick gezögert und zurückgesehen und gehorcht.

Der alte Herr glaubte, sie horche noch einmal auf den fröhlichen Lärm, auf das heitere Stimmengewirr der Neujahrsnacht dort unten im Festsaal des Hauses.

„Sie sind gottlob recht heiter," meinte er, „wüßte auch nicht, weshalb nicht. Und auch wir, — Mutter! — nicht wahr, Alte?... Wie spät ist es denn eigentlich? Elf Uhr! Noch früh am Tage, wenngleich wirklich ein wenig spät im Jahre."

„Ja, Walter!" hatte die Greisin erwidert, aber nur, um doch eine Antwort zu geben. „Ich hörte eigentlich nicht auf dich; ich dachte an unser Ännchen," fügte sie hinzu, als sich die Tür hinter ihnen geschlossen hatte und sie in der letzten Stunde des ablaufenden Jahres mit sich allein waren.

IV.

as junge Volk! Längst hat es drei Viertel des Hauses nach seinem Geschmack und Bedürfnis eingerichtet und mit vollem Rechte des Lebens. An das Reich der beiden Alten hat keine Hand gerührt; außer dann und wann eine Kinderhand, deren volles Recht des Lebens es freilich ist und immerdar sein wird, in der Großväter und der Großmütter Hausrat, Schubladen und Schränken zu wühlen und zu kramen und sich die vom Anfang der Welt an dazugehörigen erstaunungswürdigen, lustigen und traurigen Geschichten erzählen zu lassen.

Es war einmal!... oh, noch einmal von dem, was war!... Und so war es gekommen, daß die jüngste Tochter des Hauses die Eltern um Mitternacht noch wach fand unter den Glocken, die das neue Jahr einläuteten. Eine Kinderhand aber war es wiederum gewesen, die an den Schleiern der Vergangenheit gezupft hatte: „Es war einmal! Ich bin da! — Mama, du sagst in dieser Stunde nicht: Man hat doch keinen Augenblick Ruhe vor dir, Kind! — Ich bin da; und nun laßt mich sitzen auf meinem Stuhl, laßt uns erzählen: Es war einmal!... laßt uns erzählen von dem, was einmal war!"...

Und sie hatten davon erzählt, die beiden Greise nämlich. Das Kind hatte nur drein gesprochen.

„Sie wäre gewiß auch eine stattliche Frau und eine gute geworden," sagte die alte Dame. „Ich meine, am meisten hätte sie wohl der Theodore geglichen, wenn wir sie behalten hätten, das liebe Kind. Sie haben alle da unten, — unsere meine ich, Papa! — ein hübsches lustiges Lachen; aber ich kann nichts dafür, ich muß es sagen: wie das Kind, unser Ännchen, ist doch keins so glücklich in seinem Lachen gewesen. Die andern kennen wir ja auch nun schon lange mit ihren Sorgen und ihren Nöten und ihren unnützen Ärgernissen. Keins von ihnen lacht und kreischt und kichert so wie mein Ännchen es tat. Hätten wir die Enkel nicht, so würde das Haus wohl manchmal still genug sein; — selbst dir, Großpapa."

Da war das Lachen, das vor so langen, langen Jahren zuerst das Haus hell und heiter gemacht hatte! Auch der alte Herr, der Großpapa, dem das Haus nie ruhig genug sein konnte, kannte es ganz genau.

„Also, ihr wißt es doch noch, wie es war, als wir drei allein waren, und dein Haar noch nicht so weiß, Vater; und auch deines nicht so hübsch grau, mein Mütterchen, und ich euer liebes, einziges Mädchen! Hier sitze ich auf meinem Stuhl und behalte mein Recht, allen meinen Schwestern und Brüdern und allen meinen Nichten und Neffen zum Trotz. Ich bin die Älteste! Wer auch nach mir gekommen ist, wie viele auch gesessen haben auf diesem Schemelchen — mir gehört es, mir habt ihr es hierher gestellt; das ist mein Sitz am Herde! Wer kann mir meinen Platz nehmen in eurer Seele? wer in dem Hause, das ihr gebaut habt und in dem ihr mich einmal euer Glück nanntet?!"

„Du hast recht, Mutter," sagte der alte Herr; „ich weiß eigentlich nicht, wie wir gerade jetzt darauf kommen; aber das Kind hat immer zu mir, — zu uns gehört. Nur weil wir es wußten, haben wir nicht immer dran gedacht. So geht es aber mit allem Wissenswürdigen in der Welt."

„Mein Ännchen!" seufzte einfach die Greisin; doch die blonden Locken wurden wie mutwillig von neuem geschüttelt, und wieder legte sich der kleine Finger schalkhaft auf den Mund: „Ja, ich war immer da, wenn ihr auch nicht an mich zu denken glaubtet: an manchem schwülen Sommertage, in mancher kalten, dunkeln, trostlosen Winternacht. An manchem Feste in der lichtstrahlenden Winternacht, an manchem sonnigen, seufzervollen Frühlingsmorgen. Jetzt haben die andern da unten im Saale euere Sorgen, Freuden und Arbeiten. Ihr aber habt Zeit für mich. Eure andern, die nach mir gekommen sind, haben mir wohl mein altes Spielzeug verkramt und zerbrochen; aber mein Plätzchen im Hause haben sie mir nicht nehmen können. Ich habe es ihnen nur geliehen, einem nach dem andern; doch mein Eigentum ist es und bleibt es; nicht wahr, Papa und Mama?! Ihr habt zwar unter den andern gottlob nun auch wieder ein Ännchen — ein Enkelkind mit meinem Namen — aber das tut nichts, wir vertragen uns schon um diesen kleinen Stuhl und um — euch!... Es war wohl ein kleiner Sarg, in den ihr mich legen mußtet; aber — ich bin immer über meine Jahre klug gewesen. Ich habe es wohl oft heimlich erlauscht, wenn ihr das über mich sagtet. Damals wußte ich freilich nicht recht, was ihr damit sagen wolltet, und ob es eigentlich ein Lob für mich sei; jetzt aber weiß ich es. Ei ja, ich bin sehr klug für meine Jahre gewesen! nun lacht nur, wie ihr damals geweint habt, als ich von euch weggeführt wurde und nicht über die Schulter zurücksehen durfte. Seht ihr wohl, da lächelt ihr wenigstens schon. Die Jahre sind nun hingegangen; lange, lange Jahre! Heute abend habt ihr euch vorgenommen, noch einmal jung zu sein mit euren Kindern und Enkeln. Es ist euch auch wohl gelungen, doch nicht ganz. Ganz jung seid ihr erst jetzt wieder, da ich mich zu euch gesetzt habe, ich — euere Älteste und euere Jüngste. Nimm meinen Krauskopf wieder zwischen deine Hände, Mutter, laß mich wieder auf deinem Knie sitzen, Väterchen; draußen schneit es sehr, und der Nordwind bläst, und es ist spät in der Nacht; ihr aber schickt mich diesmal noch nicht zu Bett; — wir wollen jetzt einander noch nicht zu Bette schicken; wir wollen noch einmal ein Weilchen sitzen und erzählen von d e m, w a s e i n m a l w a r."

V.

ie hatten nur noch fünf Minuten in ihren Großväterstühlen neben dem Ofen sitzen wollen, um sich von dem Feste, dem Händedrücken, all den Küssen und guten Wünschen zu dem neuen kommenden Jahre ein wenig zu erholen, wie es den ältesten Leuten in der Familie geziemt in der Silvesternacht, während die Jugend um die lichterglänzende Festtafel weiter jubelt und lärmt, nach der Uhr sieht und den Sekundenzeiger mit lachendem Auge verfolgt bis heran an den neuen ernsten Grenzstein ihrer Erdenzeit. Und sie, die bereits Greise waren, hatten nicht nach der Uhr gesehen; sie hatten gar nicht einmal daran gedacht. Die Sekunden der letzten Stunden des Jahres waren ihnen dahingeglitten, wie die vielen, langen arbeitsvollen, inhaltreichen Jahre ihres Daseins selber bis in dieses jüngste und das eben vor der Tür stehende hinein.

„Du fragst wohl, Vater, wie wir gerade jetzt darauf kommen, und sagst, daß du an das Kind lange nicht gedacht hast," sagte die alte Dame. „Es ist freilich lange her, daß wir ihren kleinen Sarg dort in dem Saale, wo sie jetzt gottlob so lustig sind, aufstellen mußten. Wie wunderlich es doch ist, daß ich gerade jetzt darauf komme, was für eine schöne Sommernacht es war, in welcher sie starb! Horch jetzt nur, wie der Wind den Schnee gegen die Fenster treibt. Wir haben die andern alle behalten und wir haben an unseren Kindeskindern Freude; aber an unsere Älteste habe ich doch immer gedacht. Was würde aus den Kindern werden, wenn ihre Mütter nicht immer an sie dächten. Selbst die Gestorbenen können ohne ihre Mutter nicht auskommen. — Horch, wie sie es da unten treiben! eigentlich ist es recht unrecht von ihnen, daß sie auch die Jüngsten so lange aus dem Bette zurückhalten, und ich werde ihnen morgen früh auch jedenfalls meine Meinung darüber sagen. — Als s i e in ihrem Fieber lag, saß ich auch und zerrang mir die Hände und fragte mich Tag und Nacht, was ich hätte anders machen können, damit das Schreckliche nicht so zu kommen brauchte. Du warst wohl vernünftiger, wenn du aus deinem Kontor heraufkamst und mir zuredetest, Geduld zu haben. Wie konnte ich wohl verständig sein und Geduld haben? Und man sucht doch immer so, wie man einem andern die Schuld geben kann, und wäre man das auch selber!"

„Ich meine, Mutter, wir geben das auf, uns den Kopf darüber zu zerbrechen, und noch dazu so spät in der Nacht, im Jahr und in den Jahren," sprach der alte Herr, wiederum sehr vernünftig; und dann sprachen sie bis zu dem ersten Glockenschlage der Mitternacht nichts mehr miteinander. Dagegen aber füllte sich ihre Stube immer mehr mit den Bildern und den Klängen der Vergangenheit. Und der liebliche Spuk der Silvesternacht hatte nicht das geringste vom Phantasten an sich. Das älteste Kind des Hauses war noch einmal im vollen blühenden Leben Herrin im Reich und fand all sein altes verkramtes Spielzeug wieder, wie — die zwei weißhaarigen Greise. Sie paßten wieder ganz zueinander, die Eltern und das Kind: der dunkle, geheimnisvolle Vorhang der Zukunft hatte sich bewegt, und es war eine Kinderhand, die sich aus den schwarzen Falten weiß und zierlich hervorstreckte und winkte. Sie aber, die Fröhlichen da unten im Festsaale des Hauses, hatten dem Vater und der Mutter, dem Großvater und der Großmutter — den beiden Alten ein glückliches, ein segensreiches neues

Jahr gewünscht und hatten zwischen Becherklang und lustigem Lachen ihren Wunsch wehmütig ernst gemeint, wie sich das gebührte.

„Wie gut der Papa und die Mama heute abend aussahen," meinten sie. „Es ist doch eine Freude, wie frisch sie sich erhalten und wie sie noch an allem teilnehmen. Aber verständig war es doch, daß sie nicht über ihre Zeit bei uns sitzen blieben. Morgen früh hätten wir uns doch Vorwürfe gemacht, wenn wir sie noch länger gequält hätten, das Vergnügen nicht durch ihr Weggehen zu stören.... Jetzt aber auf die Uhr gesehen! in fünf Minuten wird es Zwölf schlagen; — ein bißchen leise, Kinder, daß w i r d i e a l t e n L e u t e n i c h t w e c k e n!"...

Zwölf Uhr und — ein neues Jahr! Alle guten Geister haben einen leisen Schritt und gehen auf weichen Sohlen; so schlich sich die jüngste Tochter des Hauses weg aus dem jubelnden Kreis, glitt die Treppe hinauf und horchte an der Tür der „alten Leute", die durch den Becherklang, die lauten Glückwünsche und alles, was sonst noch in die Stunde gehört, nicht gestört werden sollten in ihrer Ruhe auf dem Altenteil.

„O mein Gott, da sitzt ihr noch? Das ist doch ganz wider die Abrede! Sie meinen alle da unten, daß ihr längst in den Federn liegt und euch behaglich in das neue Jahr hinübergeträumt habt."

„Das letztere haben wir auch getan, mein Kind," sagte der alte Herr nachdenklich lächelnd.

„Oh, und nun müßte ich sie alle — alle die übrigen auch noch heraufrufen, daß sie euch ihre Meinung sagen. Sie werden es mit Recht sehr übel nehmen, wenn ich's nicht auf der Stelle tue, Mama!"

„Laß es lieber, mein Herz," meinte die alte Dame, leise die blonden Flechten vor ihr, die noch nicht Staub und Asche geworden waren, streichelnd. „Es würde den Vater doch zu sehr aufregen, und wir gehen nun wirklich gleich zu Bett. Wir haben vorher nur noch ein wenig an allerlei gedacht, was vor eurer — vor deiner Zeit war."

„Ach ich bin so glücklich!" rief die junge Frau. „Wir sind so vergnügt da unten an unserem Tische, und ihr hier in euerer lieben, alten, guten Stube seht so jung aus und so hell aus den Augen, wie das Jüngste von uns — euern andern! Oh, und mein Franz ist so drollig; der Mensch ist mir fast ein wenig zu ausgelassen, oh — und also noch einmal: ein fröhliches, glückliches, gesegnetes neues Jahr euch vor allen und — uns andern auch!"

„Ja, ja!" sagten die a l t e n L e u t e leise zu gleicher Zeit und nickten freundlich ihre Zustimmung zu dem guten Wunsch.